U0051221

典藏文學
儒勒·凡爾納
Jules Gabriel Verne
1828-1905

地心冒險
Journey To The Center Of The Earth

&

環遊世界八十天
Around The World In 80 Days

儒勒·凡爾納

Jules Gabriel Verne

1828 - 1905

認識儒勒・凡爾納

　　凡爾納知識淵博，一生中創作有六十多部小說，筆下的故事皆充滿冒險與科幻色彩，與著有《時間機器》的赫伯特和著有《驚奇故事》的雨果，三人一同被世人譽為科幻小說之父。

　　凡爾納十分熱愛撰寫小說與劇本，曾為此放棄前途光明的律師工作，毅然決然將一生投入到文學創作中。

　　他的筆下時常帶著若有似無的「魯賓遜情懷」，或許是源於兒時教師——桑班夫人的影響。她相信遭遇海難的丈夫，終有一天會像魯賓遜一樣成功返鄉。這在凡爾納心裡留下了「漂流」的印象，進而在日後撰寫出《神祕島》、《第二祖國》和《魯賓遜學校》等「魯賓遜式主題」作品。

　　融合冒險情節、旅行和嚴謹史地考究的故事，被視為凡爾納作品的標誌性風格。這樣的故事系列開始於 1851 年，他受到雜誌主編——特爾・謝瓦利埃的邀請，在《百家文苑》刊登的《乘氣球的一次旅行》。而在此之後，凡爾納又發表許多成功著作，像是知名的《地心冒險》、《從地球到月球》、《海底兩萬里》和《環遊世界八十天》等。

　　感情生活也影響凡爾納的創作甚鉅，他曾與一位女孩陷入熱戀，並為她撰寫了包括〈空氣的女兒〉在內的三十首詩。最後，卻因對方父母不同意兩人交往，迫使少女嫁給富有地主而悲劇收場。失戀的悲痛反映在凡爾納日後的著作中，讀者們常會在他撰寫的故事中看到少女違心結婚的情節，如《桑道夫伯爵》和《飄逝的半島》。

　　直至今日，《地心冒險》因為對地底世界的出色描述，以及大膽打破「地熱說」的精彩劇情，多次被人們改編成影視作品，例如 2008 年的電影《地心冒險》，還有延續熱度推出的續集《地心冒險2：神祕島》，也是根據凡爾納的《神祕島》改編而成。此外，在知名的「東京迪士尼」遊樂園中，也有根據凡爾納的《地心冒險》製作的遊樂設施。

地心冒險

Journey To The Center Of The Earth

環遊世界八十天

Around The World In 80 Days

地心冒險

目 錄

第一章　破解古書密碼

　　一八六三年五月二十四日，一個星期天，我的叔叔李登布洛克教授急急忙忙地跑回我們位於漢堡的家中。他穿過飯廳，衝向他的書房，把傭人瑪爾塔嚇得驚慌失措，她以為午飯準備得太晚了。

　　「為什麼先生這麼早就回來了？」她慌張地喊著。

　　「他應該會告訴我們的。」我回答。

　　瑪爾塔請我向叔叔解釋午飯的事後，急忙進了廚房，不過我可做不到，向一位脾氣暴躁的教授做解釋實在太難了。

　　正當我打算一聲不響地回到房間時，叔叔出現了，他大聲地向我命令：「阿克塞，跟我來！」我只好趕緊跟上去。

　　容我介紹一下我的叔叔李登布洛克教授。他不是一個壞人，但絕對是一個怪人。他在大學講授礦石學，講課時，他總會發上一、兩次脾氣。這是因為他的演說能力太差，加上礦石學有很多難念的名稱，諸如「菱形六面體結晶」、「松香瀝青化石」什麼的，很容易說錯，所以在講課時，他常常會因為詞不達意而大發雷霆。

　　不過我的叔叔是個真正的學者。他有地質學家的天賦和敏銳的觀察力，在所有的國家科學機構和學會中，都十分受到尊敬。

　　現在向我喊叫的就是這位大人物。你們可以想像一個身強體健、外表很有精神的人——雖然他已經五十歲了。他的鼻子像一把刀，眼睛不停地在大眼鏡後面轉動。他走起路來腳下生風，一步就有三英尺，而且走路時總是緊握雙拳，看到的人都覺得他的脾氣不好，不敢接近他。

　　我們住在這間半磚半木造的老房子裡，房子雖然有點歪歪扭扭卻很牢固。叔叔在德國教授中算是過得不錯的，不只

擁有這棟房子，也能使喚屋子裡的所有人，包括他的教女格勞班——一個十七歲的維爾他少女、傭人瑪爾塔，以及我。我是個孤兒，被叔叔收留後，自然而然就成了他在進行實驗時的助手。

面對這樣的怪人，我只能老老實實地服從命令，於是我趕緊跟著來到他的書房。

這間書房簡直就是個博物館，裡面收集了所有礦石的標本，叔叔細心的用不同的標籤，將它們分成了三大類：可燃燒類、金屬類和岩石類。

我非常喜歡這些玩意兒！可是此時此刻，我的心卻不在這些寶貝上，而是把全部精神都集中在叔叔身上。

「了不起啊！了不起！」他興奮地大喊著，手裡正拿著一本書。「這是一件無價之寶，是我今天在猶太人的書攤上找到的。」叔叔在閒暇時也喜歡收集古書研究。

「那真是太好了！」我假裝很興奮的樣子。

叔叔完全沉醉在這本古書之中，不斷地讚美古書的裝幀和內容，我只好配合他，問這本書在講些什麼。

「你說這本書嗎？它是記錄統治冰島的挪威王族的編年史，作者名叫斯諾爾‧圖樂森，是十二世紀冰島十分著名的作家。」

「那麼這是被翻譯成德文的囉？」

「德文？糊塗啊你！這個可是手抄本，是盧恩文的手抄本！」

叔叔不管我是不是有興趣，馬上口若懸河地介紹起盧恩文來了。原來盧恩文就是過去在冰島使用的一種文字，傳說是天神創造的。

話正說到一半，一張羊皮紙從書裡掉了出來。

叔叔立刻撿起羊皮紙，上面排列著一些看不懂、像咒語

似的文字。他研究了幾分鐘，然後推了推眼鏡，說道：「這是盧恩文，可是它們到底是什麼意思呢？」

我看到叔叔的手指微微發抖。看得出來，精通各國語言的叔叔也被難倒了，他急躁的情緒自然又流露了出來。

這時，瑪爾塔過來通知大家午飯準備好了。

「什麼午飯，做飯和吃飯的都滾開！」叔叔嚷著。

瑪爾塔看起來不大開心地跑開，我快步跟上她來到了飯廳，叔叔卻沒有跟在後頭。等了一會兒，叔叔還是沒來，很顯然他放棄了午餐。

這是一頓多麼美味的午餐啊！香菜湯、火腿溜白菜、小牛肉配酸梅汁、糖漬大蝦，還有美酒呢！既然叔叔為了做學問不能享用，我只好幫他吃了。

瑪爾塔在一旁喃喃自語：「先生居然不吃午飯！」她又搖著頭說：「這表示有重大的事情要發生了。」

我剛吃完大蝦，就被叔叔的吼叫嚇了一跳，趕忙從飯廳跑回書房。

「這顯然是盧恩文，」叔叔皺著眉頭，「這裡面有個祕密，我一定要破解它。」他用拳頭示意我坐在書桌前。

「現在我要把相當於這些文字的字母照順序念出來，你邊聽邊記，不許出錯！」

聽寫開始。在叔叔的解讀下，那些文字逐漸組成了一串無法理解的字母。一念完，叔叔急忙把我手上的紙張奪了過去，可是他也看不懂。

「這應該是密碼，故意弄亂了字母的順序，如果我們能合理排列，一定會有重大發現的！」他又拿起那本書和羊皮紙，仔細的比對起來。

「我想，這些文字應該是這本書的某位收藏者寫下的。可惡！到底是誰呢？他不會在這抄本上簽個名嗎？」

叔叔在書的第二頁背面發現了一些墨漬，看起來像某種字母，他認為值得研究，拿起放大鏡拼命瞧，吃力地認出了上頭的記號，也是盧恩文字。

「阿爾納‧薩克努塞！是他留下了這些文字！」他興奮地喊道，「他是十六世紀著名的學者，也是一位鍊金術士！那個時代的鍊金術士都是了不起的人，只有他們才是真正的學者。那個薩克努塞一定是把某種重大發現，藏在這串密碼裡了，一定是這樣！」

教授為這個假設激動了起來。我很欽佩叔叔豐富的想像力，但還是鼓起勇氣問道：「可是，他為什麼要把發現藏起來呢？」

「為什麼？為什麼？哈！我怎麼知道？不過走著瞧，哪怕不吃飯、不睡覺，我也一定會破解的！」

「你也一樣！」他補充道。啊！幸虧我剛吃兩份午餐。

「首先，我們要知道這個密碼屬於哪種語言。看它其中一些字母的型態，我想應該是一種南歐語言，畢竟幾百年前歐洲語言所使用的字母都有一些相似之處。」憑著自己豐富的語言學知識，叔叔一步步分析，「薩克努塞是個知識淵博的人，他一定會使用那時候文人常用的語言，那就是拉丁文了。沒錯，拉丁文。他只是打亂這些盧恩文的字母順序，再根據某種規律，重新排列出這一串文字。祕密肯定藏在拉丁文中。」

叔叔把字母顛來倒去、仔細研究：「我們需要整理這些文字對照拉丁文的規律，這就是解開密碼之鑰。阿克塞，你有想法了嗎？」

我沒有回答他，我的心思全集中在牆上的一幅畫像，那是格勞班的畫像，她現在住在親戚家。她不在讓我感到很孤單，因為我們正在談戀愛，而且背著叔叔偷偷訂了婚。她是

個可愛又認真的女孩，我簡直是無比崇拜地愛著她。

　　我回想著我們一起工作和嬉戲的時光，她每天都幫我整理叔叔的那些礦石，休息的時候，我們手牽著手在湖邊的林蔭小徑上散步、聊天，那是多麼美好的時光！我正作著我的白日夢，突然一個重重的拳頭在桌上一擊，把我拉回了現實世界。

　　「你看，」叔叔說道：「如果字母是故意弄亂順序，那作者最先想到的辦法，應該就是把字改成直著寫。來！你在紙上隨便寫一句拉丁文，不過不要一個個橫著寫，而是依序由上往下寫。」

　　我立刻按他的要求寫了一段文字。「再把這些字母橫著寫出來。」叔叔看也沒看地說，而我也照辦了。

　　「很好，」叔叔一面說，一面把紙片拿過去：「這些字母的排列跟羊皮紙上的似乎有那麼點相似了！現在我只需要把每個單字的第一個字母按順序這樣排，然後還原你寫的句子……『我非常愛你，我的小格勞班。』什麼！這到底是什麼玩意兒？」他大叫道。

　　「你愛她？」叔叔用嚴厲的口氣質問我。我支支吾吾的說不出話來，一時之間有些語塞。

　　「你愛她！好吧！我們先把這個研究方法套用在羊皮紙上！」叔叔無暇顧及我寫的字句，他的學者腦袋裡裝不下別的東西。

　　照剛才的方法，我記下叔叔讀出的盧恩文。結束後，我盼望他能解釋這串我看不出任何意義的文字，卻盼來他重擊在桌上的狠狠一拳：「不對！這毫無意義！」叔叔氣地大聲喊叫著，如同被擊發的子彈一樣，衝到大街上去。

　　瑪爾塔被關門聲嚇了一跳，過來問我叔叔怎麼不吃飯就走了，我告訴她叔叔從此都不會吃飯了，這個家也不准再開

飯了。瑪爾塔驚慌地說：「天啊！這麼說我們只有餓死的份兒了！」她哀嘆著走回廚房去。

現在我獨自在這書房裡，突然很想去找格勞班，可是一想到萬一叔叔回來找不到我幫忙，後果將會多麼嚴重，我還是留了下來。我心不在焉地整理了一會兒礦石，腦子裡一直想著羊皮紙，心裡有一種不祥的預感。

過了一個小時，我已經把礦石整理完畢，叔叔還是沒回來。我無意中拿起羊皮紙，納悶著：「這些字母到底是什麼意思呢？」

我試圖用這些字母組成詞彙，可是我辦不到，一下看到英文單字，一下又看到希伯來文，還有法文等等。它們都一股腦兒蹦了出來，可是這些詞彙組成不了合理的句子。

我就這樣看著紙片，眼珠不停地轉動，這一百多個字母好像在我身邊飛了起來，讓我熱血沸騰、喘不過氣。我把紙片當作扇子搧了起來，就在我快速搧動紙片的時候，眼前突然晃過一些清晰的拉丁詞彙，比如：火山口、地球！

我的腦子突然閃過一道靈光。如果要讀懂羊皮紙上的密碼，的確需要破解某種規律！叔叔推測這些盧恩文字母可以排列成拉丁文是正確的，只是他沒發現具體規律是什麼，而我卻恰巧在無意中發現了！

我簡直激動到了極點，激動得連東西都看不清楚，好不容易才讓自己平復下來。「讀吧！」我深深吸了一口氣，朗聲讀出那個句子，讀完後我嚇了一大跳。什麼？居然有人這麼大膽！

「啊！不！如果讓叔叔知道，他會不顧一切地跑去，而且還會帶著我！我們會永遠回不來的！不能讓他知道！」

當我決定摧毀這張罪惡的紙片，正打算把它投進壁爐裡時，叔叔進來了。

第二章　去地心冒險？！

我連忙把羊皮紙放回桌子上。叔叔依然全神貫注的思考著，完全沒有跟我說話的意思。他在紙上寫下一些計算公式什麼的，我看著他，全身不由自主地顫抖著，因為，我已經找到答案了。

時間流逝，夜幕降臨，叔叔仍一刻也不停歇地寫著。如果把字母排列的可能性都計算一遍，那計算量幾乎是天文數字，想到這裡，我覺得自己安全了。在一片寂靜中，我沉沉地睡了過去。

第二天我醒來，看到叔叔還在工作，他的頭髮淩亂、雙眼通紅，他居然工作了一整晚！我有點可憐他了，但還是忍住沒有把我的發現告訴他，如果我告訴他，他就會不顧性命去冒險，那是在謀害他！讓他去猜吧！

可是，意外在這時發生了。

瑪爾塔準備出門買菜時發現大門鎖著——這顯然是叔叔做的。幾年前他曾因為把全部的心力都放在礦物分類的工作上，整整四十八小時沒吃飯，全家人也陪著他一起挨餓。看來，這一次他也下定決心要讓我們成為犧牲品了！

我以為自己能堅持的，可是到中午的時候，我已經餓得非常難受了，家裡能吃的東西都被「掃蕩」光了。到了下午兩點，飢餓變得更難以忍受，我開始勸自己把一切都告訴叔叔，或許結果不會像我想得那麼糟糕。

我正想找個方式自然的切入話題，叔叔卻站了起來，戴上帽子準備出門。喔！不！他準備把我關在家裡，不行！

「叔叔，解開密碼之鑰！」我大聲喊道。

「什麼？」叔叔看著我。

我的表情顯然告訴了他什麼，他走過來用力抓住我的胳

膊，用眼神詢問我，我點了點頭。他突然兩眼一亮，更用力的抓住我。

「呃，我偶然中……」

我把我寫的那張紙片交給他，說：「如果您試著從後面往前讀的話……」我還沒說完，他就吼了起來：「啊，聰明的阿克塞！你真是太聰明了！」他抓過紙片，嗓音顫抖地讀完整段話：

在七月來臨前，斯加丹利斯的影子會落在斯奈菲爾的的庫，從這裡下去，勇敢的人，你將會到達地心。我已經去過了。

阿爾納‧薩克努塞

你可以想像叔叔讀完的樣子，他幾乎像觸電一樣跳上跳下，直到筋疲力盡，最後倒在扶手椅上。

「現在幾點了？」他一邊問，一邊朝樓下飯廳走去。

「三點。」我說。

「是嗎？餓死我了，趕緊開飯，然後……」

「什麼？」

「準備行李，包括你的！」

我不由得顫抖一下，去地心旅行？瘋了吧！等填飽肚子後，我一定要用科學的論據，阻止叔叔這個瘋狂的念頭。

一個小時後，我的飢餓感終於平復了。這時，叔叔立刻把我叫到書房。

「阿克塞，聰明的孩子，你幫了一個大忙，不過我要提醒你，一定要保守祕密，等我們旅行回來後才能說出去，否則會有很多人想去的。」

「會有人想去嗎？那只是一張紙片，誰知道是不是偽造

的？」我冒失地說出了這些話，透露了自己的心聲。叔叔居然沒有生氣。

我壯了壯膽，接著往下說：「關於羊皮紙，我想提出不同的看法……」叔叔點頭示意我繼續，「首先我要知道『約庫』、『斯奈菲爾』、『斯加丹利斯』，這些詞究竟是什麼意思。」

這難不倒叔叔的——他讓我取來一張地圖，輕而易舉地為我解說了它們的意思：冰島文把火山稱作「約庫」，叔叔在地圖上找到冰島的首都雷克雅維克，手指微微移動，指在北緯六十五度下面一點的位置，有一座像是從海底中升起的山。「這就是斯奈菲爾，冰島最著名的火山群之一。」

「我們不可能從這個地方下到地心，火山口有滾燙的岩漿，所以……」

「如果這是死火山呢？目前地球表面的活火山只有三百座左右，像斯奈菲爾，它只在一二一九年爆發過一次，早就是死火山了。」

我啞口無言，只好把話題焦點轉移到其他疑問上：「那麼斯加丹利斯呢？它跟七月有什麼關係？」

「這才是薩克努塞的聰明之處。要知道，斯奈菲爾是由好幾座火山組成的，怎樣找出通往地心的那座？薩克努塞發現，將近七月的時候，其中一座山峰——斯加丹利斯——的陰影會落在那個火山口，和火山口的某一條通道上，這樣我們就能確切知道入口在哪裡了。」

「好吧！但就算薩克努塞在羊皮紙上傳達的訊息千真萬確，我還是覺得到達地心是不可能的事，所有科學證據都說明了這一點！從地表往下，每下降七十英尺，溫度就會上升一度，按這個理論，地心的溫度會超過三十萬度，所有物質都以氣體形式存在了，我們根本不可能到達那種地方！」

我被叔叔要去地心這個荒謬的想法弄得氣急敗壞。我希望能透過自己僅有的科學常識，來反駁叔叔的異想天開，讓他打消這個念頭。

　　「這麼說，你是害怕高溫，害怕被熔化是嗎？」

　　「當然啊。」

　　沒想到叔叔卻氣定神閒地說：「這只是理論，所有理論都不完善，人們認為宇宙溫度是遞減的，但後來又發現最低溫不會低於零下四十至五十度。為什麼我們不能假設地心溫度也是這樣呢？」

　　既然叔叔堅持用假設來解釋問題，我也無力反駁了。

　　叔叔又列舉了一些學術界中十分著名的學者看法，試圖向我說明地心不可能有滾燙的岩漿存在的觀點。他提出的論據充足，說得頭頭是道。不知怎麼地，他對地心冒險的熱情也感染了我，我竟然開始有些動搖了！

　　「你看，地質學家對地核狀態本來就有不同的假設，現在，我們可以親自去搞清楚這個問題了。」

　　最後，不出所料，我被眼前這位學者、冒險家說服了。

第三章　出發

　　我走出書房時仍然感到熱血沸騰，談話的氣氛使我有些暈眩，雖然我還在各種矛盾中搖擺不定，但我當時真有一種可以立刻出發的勇氣。然而一個小時後，興奮感消失，我又覺得這一切真是太荒唐了。

　　於是我出了門，沿著易北河散心。突然，我看到格勞班往我的方向走來。

　　「格勞班！」我喊道。走了十來步，來到她的身旁。

　　「阿克塞！啊！你一定是來接我的，對嗎？」她非常高興，但過不了一會兒就發現了我的不安。於是我三言兩語地向這個聰明的姑娘說明了整件事情。

　　「這將是一次美妙的旅行！」

　　聽到這句話，我嚇傻了。「格勞班，你不反對嗎？」

　　「要是你們願意，我真想一起去呢！」

　　哦！這個少女在慫恿我去冒這個險！連她都毫不懼怕的願意冒一次險，我不禁為我的膽小深深的感到羞愧。

　　之後，我們手挽著手，默默地走了回家。回到家已經很晚，我以為家裡會像往常一樣寂靜，而叔叔應該睡了。誰知道家裡熱鬧非凡，叔叔正忙著向卸貨的工人發號施令，看來我完全低估了他的心急程度。

　　「我們真的要去？」我問。

　　「對，後天就出發！」叔叔開始整理起自己的行李。

　　「後天就走？」我又確認了一遍。

　　「對！後天一早就出發！」答案當然是一樣的。

　　我不敢再聽下去，只好逃進自己的房間。叔叔利用下午的時間購置了旅行需要的物品，家裡堆滿的繩子、鐵鉤、火把什麼的，夠十個人搬了。

熬過一夜，一個溫柔的聲音把我喚醒。我想利用自己萎靡、蒼白的面孔讓格勞班心軟，誰知我發現自己竟然臉色平靜，而這讓格勞班放心了不少。

　　「親愛的阿克塞，我和你叔叔談了很久，他真是個了不起的人，致力於科學，充滿膽識與行動力，我相信他會成功的！阿克塞，身為他的同伴將得到多大的榮耀啊！當你回來的時候，你就可以和他平起平坐，你就可以自由的……」

　　她的臉漲得通紅，我知道她在想像我們倆美好的未來。眼前這個女孩所說的話讓我振奮了起來，可我還是要去問個清楚，為什麼我們要這麼急著出發。

　　「傻瓜，你以為去冰島很快嗎？現在已經是五月二十六日了，如果我們不趕緊出發，找一條船去雷克雅維克，就看不到斯加丹利斯的陰影投落在哪個火山口上了！快去打點你的行李！」叔叔斬釘截鐵地說。

　　我還有什麼話好說呢？我無法反駁叔叔的說辭，只好回到房間準備行李，格勞班也靜靜地陪我整理打包。

　　終於，箱子闔上了。叔叔需要的所有用品也都及時運到了。

　　「明天早晨，」叔叔命令道：「我們六點準時出發！」

　　我累得倒頭就睡，然而到了半夜，我又害怕了起來。我一直做噩夢，夢見自己不停向下墜落深淵的景象。早晨五點我筋疲力盡地醒來，走進飯廳，叔叔已經在大口吃飯，我卻一口也吃不下。

　　五點半，接我們的馬車到了門口。叔叔交代格勞班好好顧家，這個美麗的姑娘竟忍不住掉下了眼淚。「去吧！阿克塞，等你回來，就能見到你的妻子了。」她溫柔地說。我和她緊緊地擁抱了一下，然後就上了馬車。瑪爾塔跟她站在門口揮著手，和我們做最後的道別。

我們的旅程開始了。

馬車載著我們，向漢堡的郊區飛馳而去，我們將在那裡搭火車前往基爾。六點半，我們抵達車站，七點的時候，已經坐在車廂裡。我們的行李被卸下馬車，過磅、貼標籤，搬上了行李車廂，它們將直接被托運到丹麥的哥本哈根。

叔叔沒空跟我說話，他非常仔細地檢查他的旅行包。他似乎已經為這次計畫，準備了所有可能需要的東西。

其中有一張紙，上面有丹麥駐漢堡領事克里斯迪安森先生的親筆簽名，他是叔叔的朋友，他的介紹信能幫我們在丹麥和冰島之間方便通行。還有那張寫著密碼的羊皮紙，叔叔小心翼翼地把它藏在旅行包最隱密的地方。我真是討厭這張羊皮紙！

三小時後，我們抵達了基爾。但是因為出了些差錯，直到晚上十點鐘，我們才坐上船。經過一夜的海上航行，我們在丹麥的一個港口城市上岸，然後再轉乘一輛火車，終於在上午十點來到丹麥首都哥本哈根。

馬車載著我們和行李來到旅館，還沒來得及休息，叔叔就拉著我去了北歐古董博物館。館長先生讀了叔叔的介紹信後，非常熱情地接待我們，並帶我們去碼頭尋找前往冰島的船隻，結果居然被他找到了，六月二日就有一艘小帆船開往雷克雅維克。叔叔激動地感謝館長，並立刻支付了船費。

「好極了！非常順利！」回旅館路上叔叔不停地說。午飯後我們在城裡閒逛，可是叔叔顯然對那些名勝古蹟沒什麼興趣。

他執意要去遠處小島上的一座鐘樓。我們坐船前往，上了岸又穿過幾條馬路，高聳的鐘樓出現在我們眼前。叔叔命令我隨他爬上去，難道他不知道我怕高嗎？

「你不是膽小鬼吧？」一路上叔叔不停地採用激將法激

我，根本不顧我暈頭轉向的窘態，最後我幾乎是用爬的，爬上了鐘樓頂端。叔叔抓著我來到平臺邊緣：「你得學會從高處俯瞰！」

那些房屋、農田，還有遠處的大海，全都在我眼前不斷盤旋，他逼著我站了整整一個小時。更讓人抓狂的是，接下來五天我都被迫進行這個練習，結果是，我從高處俯瞰的本領果然進步了不少，我自己也想不到。

六月二日，館長先生為我們準備了給冰島總督、助理主教以及雷克雅維克市長的介紹信。我們上了艘小帆船，這是一艘運送貨品的小船，只有五個船員。船長說這趟行程需要十來天。

整個航程平平淡淡，眼前除了大海就是各種島嶼，叔叔一直暈船，只能在船艙休息。出發前充滿自信，現在卻一副狼狽樣，讓他感到十分羞愧。

十一日，我們來到波特蘭海角，帆船從成群的鯊魚和鯨魚中穿過，繼續向西航行，又繞過冰島西部的雷克雅奈斯海角，經歷暴風雨和海底暗礁的考驗，我們終於抵達了雷克雅維克。

叔叔憔悴的面容掩蓋不了他內心的激動，他在下船前指給我看遠方積雪的高山：「斯奈菲爾！斯奈菲爾！」然後又按捺住自己的激動之情，提醒我不要張揚。隨後，我們提著行李踏上了冰島的土地。

我們憑著介紹信受到了總督和市長的熱情歡迎，被安排住在雷克雅維克大學一位自然科學教授的住家裡。他叫弗里德李克森，是一位討人喜歡又熱情親切的人。

叔叔認為最困難的事情已經解決，完全不在意我對進入地心的擔憂。他放下行李後，就去了圖書館查閱薩克努塞的資料，我只好到街上閒逛。

　　雷克雅維克只有兩條馬路，我很快就逛完了。這個長形的市鎮位在兩座小山之間，地勢低平，土地潮濕。小鎮的另一頭是寬闊的海灣，北面是巨大的冰山。整個小鎮顯得沉悶慘澹，總督的官邸破舊，居民的泥屋、草屋更是簡陋，路上沒有什麼花草樹木，行人也很少。在店鋪看到的人大多忙著做事，他們眼神憂鬱、穿著樸素，就像是被遺忘在這塊土地上的流放者。我逛了一大圈，回來後看到叔叔和弗里德李克森先生正熱烈交談著。

　　從主人準備丹麥式而非冰島式的晚餐，可以看出他的熱情好客。席間談話基本上都圍繞著科學話題，可是當談到我們此行的目的時，叔叔就完全閉口不談。他轉移話題，向弗里德李克森先生抱怨道：「你們的圖書館真是空蕩蕩！」

　　「我們有八千冊藏書呢！只是大多都被借走了，冰島居民熱愛讀書，連農民都能閱讀。我們覺得書就是要放在讀者手中才有意義，放在書架上只會發霉，因此我們的書都在讀者之間交流，一、兩年以後才回到書架上！」

　　「那外地人……」叔叔顯得有點生氣。

　　「外地人都有他們自己的圖書館，對學習的愛好是滲透在冰島人的血液中的。我們還成立一個文學與科學協會，發展得很好，許多外國學者都加入了。如果您願意加入，我們將感到非常榮幸。」

　　叔叔欣然地接受了邀請，這讓弗里德李克森先生十分感動。他馬上對叔叔說：「那麼，您要找什麼書，或許我能幫您。」

　　「阿爾納・薩克努塞的書。」叔叔說。

　　「那位十六世紀偉大的鍊金術士學者嗎？他可是冰島的光榮！」

　　「沒錯，就是他。」

「可是這裡沒有他的書，其他地方也沒有。」

「為什麼？」

「當年薩克努塞因傳播邪說的罪名被處死，他的書也都被燒了。」

「好極了！現在我知道，他為什麼要把他的祕密藏在羊皮紙裡了⋯⋯」

「什麼祕密？」弗里德李克森先生很感興趣地問道。

「哦⋯⋯我只是在做一種假設。」叔叔趕緊解釋。

「好吧！希望您能在這座島嶼的礦藏中有些收穫。」弗里德李克森先生看叔叔吞吞吐吐，也就不再追問了。

「那麼，來冰島考察的人多嗎？」叔叔岔開了話題。

「是的，因為這裡值得研究的東西很多，那些冰川、火山都是。遠的地方不說，就說那幾座山峰，」弗里德李克森先生指著窗外，「它叫斯奈菲爾，是一群奇怪的火山，很少有人到過。」

「是嗎？」叔叔激動不已，又假裝什麼都不知道：「那我希望我的考察就從賽費——它叫什麼來著？」

「斯奈菲爾。」

「對！對！您的話讓我下定決心，我們就去考察斯奈菲爾火山口。」叔叔不放過這個天賜良機，心中得意洋洋，可是表面不露聲色地繼續追問，「我們應該走海路過去嗎？這是最短的一條路。」

「也許，但是我們這兒沒船過去。你們只能沿著海岸走陸路。」

就這樣，我們順利搜集到了最重要的訊息，包括如何抵達我們的目的地，還有許多有關火山的資訊。弗里德李克森先生為他無法陪同我們前往感到遺憾，但他已經幫了很大的忙，更重要的是，還為我們介紹了一位好嚮導。

第四章　斯奈菲爾山巨人

　　隔天早晨我一睜開眼，就聽到叔叔在隔壁房間大聲的說話。我走過去一看，原來是嚮導到了。這個人身材魁偉、健壯，有一頭紅棕色的短髮。他雙手交叉在胸口，安靜的聽著叔叔高談闊論。

　　他叫漢斯・普傑克。看得出他是個勤勞樸實的人，絕對讓人想不到他是個獵人，不過弗里德李克森先生告訴我，他的工作並不是一般的打獵，他只需要把棲息於峽灣的小鳥所築的鳥巢取下。鳥巢是用鳥的絨毛築成的，可以賣錢。

　　這位冷靜、嚴肅而沉默的嚮導不是那種喜好漫天要價的人，所以他很快就和叔叔達成了協議。他的職責是把我們帶到斯奈菲爾火山群附近的村莊斯塔比，並且為我們這趟科學考察提供任何必要的協助，酬勞是每週三枚銀幣。樸實的漢斯拒絕了叔叔拿出的訂金，「以後再說吧！」他說。

　　「了不起的人啊！他還不知道他所扮演的角色哩！」叔叔在他走後對我說。看來進入地心的人員名單上也包括漢斯了。

　　接著我們開始了緊張的準備工作。將要帶的物品分成四組，分別是：

　　儀器組：溫度計、氣壓錶、計時器、羅盤、望遠鏡和照明燈。

　　武器組：馬槍和左輪手槍各兩枝。

　　工具組：十字鎬、繩索、鐵棒、鎚子等等。

　　食品組：六個月分量的壓縮餅乾和乾肉，還有許多杜松子酒。

　　另外還有隨身藥箱，裡面有各種危險情況下用得到、但讓人心驚的藥品和工具，比如骨折夾板、放血刀。

叔叔還帶上了煙草、火藥之類的東西，他把充足的錢幣裝在腰間的寬皮帶裡，另外帶上了六雙防水的鞋子。

　　「這樣就萬無一失了。」叔叔說。

　　我們花了整整一天的時間打包行李。第二天弗里德李克森先生拿來一份非常珍貴的冰島地圖，這比我們自己帶得好用多了。

　　第三天，也就是十六號一早，漢斯就牽著馬匹來接我們了。我匆忙穿好衣服，走到外面，和漢斯寒暄了幾句。有這位得力嚮導在，我們很快就準備妥當了。

　　六點鐘，我們出發了。弗里德李克森先生獻上一句道別的祝詞：「命運教我們走哪條路，我們就走哪條。」

　　這一天的天氣很適合旅行，不用日曬或淋雨。我騎在馬背上，心情很愉快，甚至有點兒喜歡這趟旅行了。「這次遠行只不過是鑽到火山口裡去罷了，至於通到地心，那肯定是幻想，沒什麼好擔心的！」我這樣想著。

　　冰島是歐洲的第二大島，面積有一萬四千平方英里，但人口只有六萬。學者把它分成四個區域，我們要從它的西南區域斜穿過去。漢斯選擇沿著海岸的路前進，他步行，後面跟著兩匹駄行李的馬。我和叔叔分別騎一匹矮馬。

　　「真是好馬啊！冰島的馬都很聰明、可靠，對主人也很忠誠，我們要善待牠們！」

　　「可是嚮導呢？」

　　「哦，別擔心，我看他走起路來完全不覺得疲累，不過必要時我會讓他騎一會兒馬的，老是坐著對我也不好。」

　　我們前進得很快，路上經過一些貧瘠的牧場和蕭條的村莊，除了零星幾頭牲畜之外，並沒有看到任何一個人。不知道那些火山附近的地區，又會是怎樣的風貌？事實上，地球大規模的深層運動主要集中在冰島，地表上的岩石層加上火

山噴發的熔岩，這些地區應該非常可怕，只是現在我對這些還一無所知。

兩個半小時後，我們來到吉福乃鎮，吃了午飯後，又繼續向今天的過夜地點加爾達前進。即便到了加爾達，我們也才走了全程一百英里中的十八英里，叔叔對這種速度很有意見，但是嚮導依舊保持自己的作風。

下午四點鐘，我們抵達冰島眾多峽灣中的某一個峽灣附近，這裡岩壁聳立，路面狹窄。叔叔堅持要馬兒馱著他橫渡海灣，小馬不肯，又驚又跳，叔叔大聲地咒罵。這時候，嚮導碰碰叔叔，用丹麥語說了幾個字：船、那兒、潮水。原來他發現不遠處有條船，建議我們等漲潮時再乘船過去。

我們一直等到晚上六點，才能撐船過海，擺渡了一個小時，最後終於平安上岸。再走了半小時後，我們抵達了加爾達。按理說這時早該夜幕低垂，然而在冰島，六、七月間的太陽是不落山的。

我覺得又冷又餓，幸好，有位農夫熱情的接待我們。跟主人握手後，我們隨他進了屋。穿過一條狹長、低矮的走道（叔叔的腦袋撞到了三、四次），主人帶我們參觀了每個房間——廚房、紡織間、臥室和客房。混雜鹹魚、優酪乳氣味的客房算是他家最好的房間，我們就在此留宿過夜。

女主人熱情的歡迎我們，一起吃飯的還有她的十幾個孩子。也不知道這麼多孩子如何擠進這間屋子，我只覺得我們的肩頭、腿上都是孩子，大大小小的孩子，好不熱鬧。

晚餐的口味如何不重要，我只知道我狼吞虎嚥的，沒幾下就吃光了。主人生火讓大家取暖後，我們便回到客房，蓋上稻草做的被子，沉沉睡去。

第二天一早，好不容易說服善良的主人收下謝禮後，我們再次上路。

走著走著，沿途的景象越來越荒涼，卻不時看到一個個幽靈般的身影閃過。在他們破爛的衣服外，暴露的是令人噁心的惡瘡膿血。「是麻瘋病！」叔叔說。這些可憐人讓周圍的景色變得更加淒慘，我突然感到很悲傷，很想回家。

　　那天，我們渡過幾個小峽灣和一處大海灣，又越過了兩條河流，晚上在一間廢棄的屋子裡過夜。第二天依舊是陰鬱的景色，平淡無奇的旅途。到了晚上，我們的路程總算走過一半了。

　　六月十九日，我們腳下的熔岩地貌綿延長達一英里，還能時不時看到地下熱流冒出的水蒸氣，這一切都能證明這些死火山當年的活力。

　　六月二十日，我們抵達海邊小鎮布迪爾。漢斯帶我們來到他的叔叔家，我們得到了很好的招待。但精力旺盛的叔叔不打算休息一陣再出發，所以第二天我們繼續趕路，四小時後我們就出現在斯塔比村莊的牧師家門口。

　　斯奈菲爾就在眼前。

　　叔叔若有所思地注視著它，接著大聲說道：「那就是我們要征服的巨人！」

　　斯塔比這個小村莊位於一個小峽灣的盡頭，峽灣的周圍都是屬於火成岩的玄武岩。大自然的鬼斧神工讓這些岩石井然有序的排列，就連世界著名奇景也無法與之媲美。峽灣兩旁的石壁連著一長排的石柱，形成天然的拱門，撐起天然的穹頂。經過風雨侵蝕依舊屹立的石柱，猶如古代寺廟的遺跡一般，歷經幾個世紀，仍保有最初的面貌，不見歲月留下的痕跡。

　　來到牧師家門口，我們只看到一個正在為馬匹釘蹄鐵的人，漢斯與他交談了一陣子，告訴我們這就是牧師。看來在這個荒涼的地方，牧師得是個能夠自給自足的人。明白了我

們的來意後，牧師和他不甚熱情的妻子讓我們進屋。吃過了簡單的晚飯，我們被安排在一間飄著異味的客房裡過夜。

　　第二天，我們雇了幾個冰島人，為前往火山口做最後準備。叔叔告訴漢斯，我們打算進入火山深處，漢斯只是點了點頭，我卻心煩意亂了起來。一路上的奔波勞頓，分散了我的注意力，但現在事到臨頭，這件事情又開始折磨我了。

　　「如果這座火山再次噴發呢？我們都會化為灰燼！」

　　我一閉眼就看到火山噴發的畫面，最後我忍不住跟叔叔說出了我的擔憂。

　　「我也在考慮這個問題。」他說。我一陣高興，覺得太好，有救了！

　　可是他立刻潑了我一盆冷水：「但是我已經問過當地居民，也仔細研究了地面，我向你保證，它不會噴發。你跟我來。」

　　叔叔一邊說，一邊帶著我出門。我們來到一片由火山噴發物聚積而成的曠野上，叔叔讓我注意那些從岩石縫往外冒的熱氣。這實在讓人不由得擔心起來，看來這證明了我的恐懼，叔叔卻語出驚人地說：「這些熱氣正說明了火山不會噴發。火山要噴發時，這些氣體會全部消失，一旦失去了這些氣體抑制岩漿的力量，岩漿就會直接從火山口噴出，而不會從這些縫隙中洩漏出來。所以說，如果這些氣體保持現狀的話，就可以肯定火山不會噴發。」

　　我還想爭辯，可是叔叔說科學事實勝於雄辯，讓我只能保持沉默。

　　隔天是六月二十三日，我們被牧師夫婦狠狠地敲詐了一筆，心急的叔叔二話不說付了錢，就連忙動身上路了。漢斯和他的同伴背著食品、工具和儀器，我和叔叔負責背兩根鐵棒、兩枝長槍和兩盒子彈。

只要心在跳動，
只要肉體和靈魂在一起，
我不認為任何有意志的生物需要對生活絕望。

As long as the heart beats,

as long as body and soul keep together,

I cannot admit that any creature endowed with a will has need to despair of life.

儒勒‧凡爾納
Jules Gabriel Verne

第五章　找到通往地心的路

　　斯奈菲爾火山群平均有五千英尺高，沿途路徑狹窄，我們只能排成一行前進。雖然我心事重重，但畢竟是地質學教授的侄子，一路上我還是很感興趣地仔細觀察這座天然的冰島「地質史博物館」。

　　冰島完全是由火山凝灰岩所構成。它最初從海底慢慢上升，地面出現貫穿全島的裂縫，岩漿從縫中溢出，有些地方形成平鋪的一大片，有些地方則高高隆起。一次次溢出的岩漿變成硬殼，將裂縫封鎖，岩漿在地下積蓄能量，有一天終於爆發，衝破地面的岩層，形成了火山口。我們一路上看到的平頂山峰，都是火山的噴口。從此以後，岩漿漫溢的現象就為火山爆發所取代了。

　　這些就是冰島的形成過程，整個過程都是由地球內部的火所引起的。如果誰說地心不是一團灼熱的岩漿，他一定是瘋子！

　　腳下的路非常難走，經常有岩石滑落，幸虧有細心的漢斯為我們引路。艱難地走了三個小時，我們來到火山的山腳下。

　　簡單吃過午飯後，我們準備開始攀登。這是一個巨大的挑戰，那些石頭無處攀附，腳踩上去就會滑落。漢斯和他的冰島同伴們動作敏捷，叔叔也有很好的平衡感，我則需要他們的幫助。

　　爬了一個小時，在山腰的一大片積雪中，出現了階梯狀的小路，完全是由火山熔岩構成的，這讓我們的攀登變得方便許多。到了晚上七點，我們終於爬完兩千多個臺階，來到一座火山錐底下。

　　斯奈菲爾的火山口就在上面了。但是我已經沒有半點力

氣，叔叔示意漢斯停下來休息，可是漢斯卻搖著頭說：「大風！」

叔叔和我順著漢斯手指的方向望去，一股巨大的強風正往我們這邊來，這是當地常見的「大風」。漢斯叫我們趕緊走，不能停留。他帶我們從火山錐的邊緣迂迴前進，繞到山的後面。此時大風逼近，頓時狂風大作，感覺整座山都在搖晃，如果沒有英明睿智的漢斯，我們早就粉身碎骨了。

我們不可能在火山錐的半坡上過夜，所以只好再花五個小時爬完剩下的路程，在晚上十一點抵達斯奈菲爾火山群的山頂。簡單吃了乾糧後，我在一塊岩石上安頓好自己，便在極度的疲勞下沉沉睡去。

第二天醒來，陽光明媚，我們所在的地方是斯奈菲爾火山群南峰的頂端。向下俯瞰，可以看到整座島嶼數不清的深邃山谷、懸崖峭壁，還有那連綿起伏的山巒，以及東一點西一點泡沫般的雪。看著一道道令人目眩的陽光，眼前的美景令人心醉神迷，我幾乎忘了自己是誰，也忘記不久後將陷入深淵。

這時，叔叔他們走過來，把我帶回了現實的世界。我們一同站在山峰頂端，叔叔對漢斯說：「請告訴我們這座山峰的名字。」

「斯加丹利斯。」漢斯說。

「出發！去斯加丹利斯投下陰影的那個火山口！」叔叔得意的看了我一眼，然後下令道。

火山口像個倒置的圓錐，大約有兩千英尺深，它就在眼前，就算我想退縮也不行了。

漢斯帶著我們沿著內壁小心地向下走，我一語不發地跟在後面。安全起見，他把我們用繩索綁在一起，如果誰意外摔落，就可以被夥伴們拉住。

　　儘管艱難，我們還是安全抵達了倒圓錐的底部。抬頭望向洞口，可以看到高聳入雲的斯加丹利斯山峰。這裡出現三條熔岩噴發的通道，每個通道口約一百英尺寬，向我們張開大口。

　　我不敢往裡面看，叔叔卻忙著把通道快速檢查一遍。突然間，他在一塊花崗岩前尖叫一聲：「阿克塞，快來！」

　　我連忙跑過去，驚訝地看到岩石上刻著一個名字，是用盧恩文寫的：「阿爾納‧薩克努塞」我不知該為這個發現感到高興還是難過，只是呆呆地愣在那裡。

　　等我回過神，叔叔已經把三個冰島幫手辭退了，他們任務完成，可以回斯塔比了。我們三人安頓好睡覺的地方，就在火山口底部度過第一夜。

　　第二天是陰天，叔叔氣急敗壞，因為只有出太陽，才會有影子，才能看到斯加丹利斯的陰影落在哪一條通道。今天已經是二十五號了。

　　隔天二十六號，還是不見陽光，下了一整天的雨。

　　二十七號，依然是陰天。如果一直這樣，我們這一路的力氣都白費了，叔叔的惱怒可想而知。

　　直到二十八號，也就是這個月倒數的第三天，月亮產生了變化，接着天氣也轉好了，叔叔終於等到了陽光。斯加丹利斯山峰的陰影隨著燦爛的陽光緩緩移動，到了中午，它悄然落在中間那條通道上。

　　「就是這兒！去地心的路！前進！」叔叔叫道。

　　真正的旅程此刻才開始，現在每一步都是危險和未知。

　　我猶豫著要不要拒絕參加這趟旅程，然而想到堅強的漢斯，想到我的格勞班，我不禁感到羞愧難當，於是邁出腳步往中間那條通道走去。往下一看，通道幾乎是垂直的，壁面還有許多突出的岩石，我差點沒暈過去。

叔叔很快解決了垂降的技術問題，他解開一捆四百英尺長的繩索，先把一半放下，中間部分繞在一塊岩石上，再把另一半放下。我們得同時拉住兩條繩索下降，等下降兩百英尺後，只要拉住一端，就能把整根繩子取下來，然後重複利用。

　　叔叔指揮我們把食物和易碎品分成三份，各自背著，而衣服之類的東西只需要捆好，直接扔下去就行。他顯然沒有把我們三個人算作易碎品。

　　「該我們上場了。」叔叔這話讓我止不住渾身發抖。我們拉著兩條繩索垂降，我擔心繩子隨時會斷掉，一邊抓住岩壁上的岩石，希望減輕些重量。半小時後，我們在一塊大岩石上「著陸」。漢斯拉下繩索的時候，碎石塊就像雨點般落下。

　　用同樣的辦法，半小時後，我們又下降了兩百英尺，而通道依舊深不見底。叔叔居然還有餘力觀察岩石，他在休息時對我說：「這些岩石排列印證地心熱量不存在的理論，我非常有信心。」對此我只能用沉默回應他，因為我不知道還要垂降多少次，我沒有精力與他爭辯。

　　越往下，光線越微弱，我用心留意著我們使用繩子的次數。繩子重複使用了十四次，每次半小時，共計七小時，我們每次休息一刻鐘，十四次，就是三個半小時。我們出發時是一點，那麼現在已經十一點多了。而我們下降的距離，應該有兩千八百英尺深了。

　　這時候漢斯突然叫停，我們已經垂降到通道底部了。

　　我和叔叔以為沒路可走了，但漢斯說他隱約看到一條向右斜的通道，他建議我們先吃飯睡覺，明天再走。於是我們在石塊上躺下，在這個巨大「望遠鏡」的盡頭，仍可微微看到星光閃耀。

　　早上八點，岩壁反射的陽光將我喚醒，這亮光足以讓我看清四周。

　　「怎麼樣？阿克塞，」叔叔高興地對我說：「睡在這裡比家裡還安穩吧？又沒有車，又沒有人！」

　　「可是這裡安靜得讓人害怕。」

　　「現在就害怕，接下去怎麼辦？我們還沒進入地心一英寸呢！」

　　「什麼？您確定嗎？」

　　「當然，你自己看氣壓計！我們現在正在海平面上。」

　　叔叔拿出氣壓計向我解釋，數據顯示我們現在高度跟海平面差不多，等到真正進入地心，普通的氣壓計就會失去作用，必須改用流體壓力計。

　　我擔心再這樣下去，氣壓會大到肺受不了，但叔叔說我們下降得慢，肺部可以適應。他記錄下數據後，下令繼續前進。漢斯靠著微光找到昨天扔下來的衣服包裹，我們吃了點乾糧、喝了點杜松子酒，就朝漢斯看到的通道出發了。

　　叔叔和漢斯點亮掛在脖子上的照明燈，讓我們能看清前方的路。我看了火山口頂端露出的天空最後一眼，拿起背包跟他們進了通道。

　　岩漿為通道壁塗上了亮亮的一層東西，我們的燈光被反射得更亮了。通道斜坡大約是四十五度，我們得防止自己下滑得太快，幸好有一些凹凸的鐘乳石給我們當作臺階。

　　通道四周布滿的石英結晶，在光照下閃閃發亮，美得讓人驚歎。叔叔說還會有更壯觀的東西，讓我趕緊走——其實我們是在滑行。

　　通道筆直延伸著，羅盤指向東南方向。但溫度沒有明顯升高，我很驚訝！不知道我們到底走多深了？叔叔一直利用傾斜角在丈量計算，但不說話。

晚上八點，叔叔揮手示意讓我們停下，七個小時的行程讓我筋疲力盡。吃飯時我發現我們的水只剩一半了，忍不住請叔叔留意。

　　叔叔卻不大擔心，他說只要我們走出熔岩層就會有水。但我很懷疑，因為我總覺得我們在垂直高度上並沒有下降多少。

　　「你憑什麼這麼說？」叔叔問道。

　　「因為溫度只比出發時上升了九度啊！按照理論，每下降一百英尺，溫度會上升一度，就算考慮到岩石對溫度的影響，我們下降的距離也不會超過……」我在本子上一陣計算後，說：「一千一百二十五英尺。」

　　「可是，根據我的儀器顯示，我們已經抵達海平面以下一萬英尺了！」

　　如果叔叔是對的，那為什麼溫度沒有升高呢？

第六章　命運的交叉路口

　　第二天，也就是六月三十號星期二，清晨六點開始，我們就沿著通道斜坡繼續往下走，十二點十七分時，來到了盡頭。

　　眼前出現了兩條路，我們該選擇哪一條路走呢？

　　叔叔想表現出他的果敢，於是毫不猶豫指向東邊的那條路。但我知道這是在碰運氣，因為我們沒有任何可以判斷的依據。

　　這條路的斜度不明顯，但是景觀差別很大，一會兒是高聳的寬大拱門，一會兒是狹窄的羊腸小徑，不過溫度仍然沒有高到離譜。可是我仍忍不住想像起火山噴發，岩漿沿著這些通道奔流的景象。

　　「這火山應該不會突然醒過來吧？」我心想。

　　到晚上六點，我們走了約五、六英里，但是高度只下降了四分之一英里。第二天還是如此，我總覺得我們不是在向下走，甚至覺得路面有一點上升的趨勢。我放慢腳步，叔叔問我怎麼了，我把我的發現告訴他。

　　「路在向上？」

　　「是的，再走下去，我們又會回到冰島的地面。」

　　叔叔不服氣地搖搖頭，執意繼續向前進，我只能快步跟上他──可不能落隊啊！再說，一想到這條路可以通到地面上，我的心情也輕鬆不少。

　　中午過後，岩壁出現明顯變化，熔岩層不見了，岩床也變成直立排列的樣子，這很顯然是過渡時期的地質樣貌，也就是說，我們正處在志留紀的地層。

　　「看吧！我們正在離開火山熔岩層，這些岩石都說明這條路是錯的！」我大喊道，一邊指給叔叔看那些砂岩、石灰

岩和頁岩，「我們已經處在出現動植物時期的地層了！」但叔叔看完後還是繼續前進，他就是不願意承認自己走錯路了吧？

再走了一小段路，我又發現了更有力的證據——植物和貝殼的遺骸。我撿起一塊甲殼，走到叔叔面前拿給他看。

叔叔平靜地說：「我瞭解你的結論，也許真得是我們走錯了，但我們必須走到路的盡頭才能確定。」

「可是我們快沒水了。」

「那就限制飲用，阿克塞。」

我們確實得限制飲水，因為水只夠再喝三天了，而這兒又找不到泉水。

第二天，我們默默前進了一整天，出現在眼前的，只有無窮無盡的岩石拱門，道路看不出有下降或上升多少，但是過渡時期的地質特徵卻越來越明顯。

燈光使岩壁上的大理石熠熠生輝，有些呈現瑪瑙般的灰色，還摻雜著白紋，有些是鮮紅色，有些是黃色裡夾雜著一片片的玫瑰色，更有些是暗紅色和棕色斑點混合在一起。

這些大理石大多有著原始動物的痕跡，從昨天看到的低等甲殼類生物，升級為爬行類動物，牠們的遺骸沉積在這些新生代時期的岩石上。我們還是在往上走，但叔叔似乎根本沒注意到這些，他執著地前進著。

這一天，口渴的折磨已經開始。

星期五，又是新的一天。走了十個小時後，周圍岩壁變成了煤礦，想當然這並非人工開鑿的。星期六，我們在通道裡繼續前進，沒多久來到了一個巨大的洞穴前，寬約一百英尺，高達一百五十英尺，應該是受到劇烈地震而裂開留下的缺口。這裡的岩壁清楚記錄著這個煤炭層的歷史，地質學家一眼就能看明白了。

　　這個時期稱為中生代。當時地球酷熱潮濕，長滿茂盛的植物。不過那時地球的溫度並非來自太陽，而是地球內部蘊藏的高溫，使地表上彌漫著蒸汽。煤炭，就是大量植物慢慢沉積、礦化而成的。

　　我一邊思考著這些地質學，一邊跟著他們繼續走，幾乎忘掉路程的漫長和艱辛。在煤炭層中的行走一直持續到當天晚上，四周依然一片漆黑。到六點鐘的時候，突然出現一堵石牆擋在我們前面。這竟然是條死路！

　　「好極了！」叔叔喊道，「我知道該怎麼做了。這不是薩克努塞走的路。我們先休息一晚，明天返回兩條通道的岔口，走另一條通道！」

　　「可是我們快沒水了，要怎麼返回？」

　　「沒水，難道連勇氣也沒了嗎？」叔叔嚴肅地反問我。

　　我低下頭，不敢再說一句話。

　　回到通道岔口需要五天時間，但我們的水只夠再喝一天了。這段極度疲勞和口渴的行程，我不想多說，總之，等到七月七日星期二，我們以近乎斷氣的狀態折返交岔口，癱倒在地時，我的嘴唇已經發腫，幾乎失去了知覺。

　　後來，我感覺到叔叔走近我，用溫柔的口吻呼喚我的名字，我從來沒聽他這樣說過話。他拿起背在身上的水壺，湊到我嘴邊，讓我喝下。哦！一口甘甜的水浸潤了我乾涸的喉嚨。我真不敢相信還有水！

　　「這是最後一口！我一直為你保留著。」

　　我感動極了，同時恢復說話的力氣：「我們沒水了，所以一定要回去。」

　　「回去？」叔叔語氣不悅對我說：「難道這口水沒有恢復你的勇氣？」

　　「怎麼了？難道您不打算回去？」

「讓我半途而廢我做不到！不然讓漢斯陪你回去，我一定要留下！」叔叔又恢復了往日嚴肅堅定的口氣。

漢斯在一旁看著我們爭吵，一言不發。我走過去，碰碰漢斯，用手指向出口，但他拒絕了。

「瘋子！」我氣極了，拚命地想把漢斯拉起來，「快起來！必須回去，我們一起把他帶回去！」

叔叔看到我這個樣子，試圖勸我留下：「冷靜點，阿克塞，聽我說，我們現在最大的困難就是缺水，你昏迷的時候我去看過另一條通道了，那裡的岩石質地告訴我，如果向下走一定會找到水的。相信我，哥倫布發現新大陸的時候也是如此。堅持一下，再給我一天時間，如果找不到水，我們就回來！」

「好吧！但願您有這個運氣！您只剩下幾個小時挑戰命運了，我們出發吧！」我又一次被叔叔的堅定降服了。

我們重新從另一條通道往下走，漢斯和叔叔走前頭。進入通道後叔叔就發現，這條通道是由原始岩石構成的，越往下，特徵越清晰。

板岩層中有金屬礦物閃著光芒，板岩之後是片麻岩，接著是雲母，在燈光的照射下這些礦石顯得異常晶瑩美麗。這條通道是在地球逐漸冷卻的年代，因為地殼收縮斷裂而形成的，簡直是一座寶庫，無法被挖出地面的寶庫！

可是一直走到晚上八點，我們都沒有發現任何水源。我再也堅持不住，用盡力氣叫了一聲「救命」後，就癱倒在地了。

叔叔轉身走過來，消沉地說了一句：「全都完了！」

我看到他絕望的眼神，接著就暈了過去。

第七章　孤身一人的恐懼

等我醒來，發現叔叔和漢斯正裹著被子睡覺。我的腦中回蕩著叔叔最後那句話，現在我們都很虛弱，要回到地面簡直是不可能了。我被這種想法還有周圍的寂靜壓得喘不過氣來，又昏昏沉沉地睡去。

後來，我被一些聲響吵醒，隱約間看到漢斯拿著燈離開營地，我用沙啞的喉嚨朝他大喊，但其實一點聲音也發不出來。我心底很恐慌，近乎絕望，如果嚮導拋下我們，一切就真的完了。

我使勁盯著漢斯的行動，結果發現他的移動方向並非出口，而是向著通道裡頭走去。我對自己剛才的想法感到一陣羞愧，我不應該懷疑他的。

我開始想著：「難道漢斯發現了什麼嗎？在這安靜的夜裡，他是不是聽到了什麼細微聲音？」我的腦中盤旋著各種念頭，快要發瘋了！就這樣自我折磨了大約一個小時後，我又看到了燈光——漢斯回來了！

他走近叔叔並把他搖醒，說了一個字：「水。」

叔叔有些不相信。我激動得手舞足蹈，問：「哪裡？」

「就在下面！」漢斯堅定地回答道。

我們帶著被拯救的興奮之情，馬上展開行動。可是一小時後，仍然沒有看到水的蹤影，只聽見花崗岩壁後面傳來一股沉悶的聲音。我又開始煩躁了。

「漢斯並沒有搞錯，這聲音的確是水流聲，附近有地下河。」叔叔對我說。

有希望了，我們加快腳步。水流聲音越來越大，一會兒在頭頂上，一會兒在左邊咆哮奔騰。我們又走了半小時，但聲音越來越小，我們只好返回水聲最清楚的地方。可是石壁

把水擋住了，該怎樣弄到水呢？我再次陷入絕望。

這時，漢斯站了起來，他把耳朵緊貼岩壁，似乎在找水聲最響亮的地方。接著他拿起十字鎬，我們都知道他準備怎麼做了，於是大叫出聲：「得救了！得救了！」這個做法可能會引發坍方或是洪水，但對三個瀕臨渴死的人來說，什麼都不能阻擋我們了。

漢斯開始鑿壁，為免發生意外，他的動作謹慎小心。一個多小時後，他還在挖鑿，我們幾乎等不及了，就在叔叔想上前幫忙時，傳來了一道尖銳的聲響，接著一股強勁的水流沖了下來，幾乎把漢斯沖倒，他大叫了一聲。

我趕緊湊上前，想捧一把水喝，卻被狠狠燙了一下，水竟是滾燙的！我們等水流在腳下匯成小溪並冷卻後，終於喝到了久違的水！久旱逢甘霖，這種暢快真是不可言喻！而且從味道來判斷，這泉水應該富含鐵質，對於恢復體力很有幫助。

我們決定這泉水命名為「漢斯小溪」，藉此紀念發現它的人。

我們灌飽自己後，又把水壺全部裝滿。我試圖把出水口堵住，但水壓太大，水溫也太高。叔叔說：「乾脆就讓它流吧，它能為我們引路、解渴。」

「這真是個好主意，有這『漢斯小溪』作伴，我們還有什麼理由不繼續我們的考察呢？」我又恢復了信心。

「你總算明白了。」叔叔高興地說。

我們找了地方過夜、休息，大家安穩地睡了一覺。

第二天，由於困難解決，還有礦泉水的神奇作用，我們充滿力量的上路了。我走得很起勁，有漢斯這個好嚮導，和我這個「堅定」的親侄子，叔叔怎麼會不成功呢？我的腦子充滿了這些美好的想法。

　　這條通道曲折蜿蜒，像一座迷宮，我因為有了溪水的陪伴，變得心情不錯，但叔叔卻惱怒不已，因為路一直水平延伸，沒有下坡的趨勢。

　　事實上我們也沒有其他選擇，如果我們正在逐漸接近地心，不管多慢，都是好的。只要發現溪水滾滾而流，就能知道前方有較陡的斜坡，我們也能很快的下降了。然而，這一天和第二天，我們都是平緩前進，並沒有下降多少。

　　七月十日晚上，我們腳下突然出現一口深井。叔叔測量它的傾斜角度後，開心地拍手說：「這可以讓我們繼續往下走，裡面凸起的地方就是我們的梯子！」

　　我們按原先的方法用繩索下降。這條通道沒有任何火山爆發的物質流過的痕跡，我們踩踏的螺旋形梯子，簡直像是人工建造的。

　　十二日，我們已經在海平面以下十二點五英里。

　　十五日，垂直深度達十七點五英里。叔叔每隔一小時就用儀器測量數據，並仔細記錄。當他告訴我，我們已經距離斯奈菲爾火山群有一百二十五英里遠時，我驚呼一聲！

　　「你怎麼了？」叔叔不解。

　　「如果您沒算錯，我想我們已經在冰島下方了。」

　　「你為什麼這樣想？」

　　我用圓規在地圖上丈量並解說道：「我們越過了波特蘭海角，往東南一百二十五英里就是大海底下，大海正在我們頭頂上呢！」

　　雖然這條通道彎彎曲曲，斜率也不斷變化，但是總體上它一直朝著東南方向，並且不斷下降，不久就把我們帶到了地下很深的地方。

　　三天後是七月十八日，我們在傍晚時分來到了一個大洞穴。叔叔付給漢斯這一週的工資，並決定明天休息一天。

第二天醒來，我們並不急著出發，愉快的在這洞穴裡放假一天。我似乎已經不再想念地面上的世界了，叔叔則在吃完早飯後整理起他的旅行日記。

　　「我要測量一下現在的位置，回去後我準備畫一張路線圖，把我們行進和下降的角度註記在上面。好，看看羅盤上現在指著什麼方向？」

　　「東偏南。」我告訴他。

　　「好！」叔叔快速地計算著，「從水準距離來看，我們離斯奈菲爾火山群已經有兩百一十二點五英里了，而我們所在的深度是四十英里。」

　　「四十英里！這是地殼厚度的極限了！按照相關的理論判斷，溫度應該高達一千五百度了。」

　　「可是你看，現在的溫度不過二十七點六度。所以我依舊相信學者戴維的理論，地球溫度隨著深度的增加而上升的說法是錯誤的。」

　　我仍有些懷疑。我寧願相信，這是因為通道外部有熔岩覆蓋，而熔岩上有一層隔熱物質，阻止了熱量的傳入，但我還需要找到證據證明我的觀點。

　　「叔叔，我同意您的計算，不過我想做一個推論。地球的半徑大約是四千英里，我們用二十天才走完四十英里，這麼算起來，我們要花五年時間才能到達地心。」叔叔沒有出聲，於是我繼續說下去。

　　「再說，我們走四十英里還水平移動了兩百一十二點五英里，想要走到地心，我們就得往東南移動兩萬英里，那早就走出地球了！」

　　「鬼扯！你的假設有什麼根據！已經有前人做到了，我們為什麼不能？」見叔叔又恢復他原本的態度，我只好不再出聲。

　　叔叔讓我看氣壓計，數據顯示壓力非常大。

　　「你會覺得難受嗎？」叔叔問。

　　「還好，只是耳朵有點疼。」

　　「你看，我們在下降的同時也適應了這種壓力。你只要快速呼吸，就能使肺裡的壓力和外界的壓力相等。」

　　「可是空氣密度會越來越大吧？」我問。

　　「是的，我們越往下，重量就越小，到達地心時就沒有重量了。」

　　「那我們要如何下降？我們會飄起來的。」

　　「可以在衣服裡裝滿石頭。」

　　叔叔是問不倒的，我不想再惹怒他。不過我知道，空氣在極大的壓力下會變成固態，那時還怎麼前進呢？至於叔叔信任的薩克努塞，我也可以輕而易舉地反駁：當時氣壓計都沒被發明出來，他是怎樣判斷他已經到達地心的呢？

　　不過我只能把這些想法藏在心裡，而漢斯看起來還是一臉的輕鬆自在，他從不關心這些，只是聽由命運的帶引。

　　在這次談話後，兩個星期走得都算順利。因為有聰明的漢斯在，我們克服了許多難以應對的難題。可是他一天比一天沉默，我覺得我們也被感染了。外界事物對我們的大腦會起很大的作用，如果有一堵牆將我們和外界隔絕，人就會慢慢變得沒有思想，也不會講話了。這段期間沒什麼特別值得記錄的，只有一件事讓我印象深刻，想忘也忘不了。

　　八月七日，在連續地下降後，我們到達七十五英里深的地方。這裡的通道不是很陡，我仔細考察周圍的花崗岩，等我轉身一看，突然發現只剩我一個人！

　　我心想應該是我走得太快，把他們落在後面了。我往回走，並大聲呼喊，但是地道中沒有傳來任何回應，我開始慌了。又走了半個小時，除了我自己的聲音外，完全聽不到其

他聲響。一個不好的念頭浮上心頭：「難道我迷路了？」

「好吧，好吧，這裡只有一條路，只要再往回走，就能找到他們的。也有可能是，他們忘記我走在前頭，發現我不在，也回頭去找我，那麼我走得速度就必須更快，才能趕上他們。」

我不停地想辦法說服自己，一會兒又忍不住懷疑：「我能肯定自己是走在前頭嗎？」應該是的，我回想著走散前的一些細節。對了，還有「漢斯小溪」可以指路，沿著它往上走就行了！

我想先在泉水裡洗把臉，讓自己清醒一下，但是當我彎下腰時卻嚇壞了。眼前根本沒有小溪，只有堅硬的岩石！

我無法描述我的絕望。我呆滯地摸著地面，拼命回想小溪是什麼時候不見的，但是我想不起來。對了，我可以順著腳印回去，但花崗岩上不會留下腳印啊！我真的迷路了！

我的腦中一片空白，絕望的呼喊著叔叔，我想他一定也在瘋狂地找我。我想起外面的世界，想起旅行中的種種，想到沒有人能救我，想到我的母親，想到上帝。最後我靠著祈禱，總算稍稍平靜了下來。

我的糧食和水都是足夠的，我必須往上走，找到「漢斯小溪」，它會指引我回到通道岔口，我就能回火山口了。接下來的半小時，我走得很順利，路上毫無阻礙，可是不久我就發現，這是一條死路！

我完全絕望了。在慌亂中，照明燈也被我摔在地上，我看著燈光漸漸暗去，黑暗慢慢占據整條通道，最後什麼都看不見了。我聽見自己驚恐地叫了一聲。我不想死，於是發瘋似地在通道裡亂走，我不停地求救，又不時地撞到凸出的岩石，弄得自己鮮血直流。

幾個小時後，我累得暈倒了。

第八章　巨大蘑菇林

　　我恢復知覺時滿臉淚水。周圍依然是黑暗和死寂，我為自己仍活著而感到萬分沮喪，因為活著就表示我還要忍受死去的煎熬。

　　就在我感覺自己要再一次昏厥時，通道裡突然傳來一聲巨響，彷彿是爆炸的聲音，但一會兒又恢復了寂靜。

　　我把耳朵緊貼石壁，希望再聽到一些聲響。這一次，我居然聽到有人說話的聲音。

　　我不敢相信自己的耳朵，又仔仔細細聽了一會兒，真的有人在說話，只是聽不清楚說話的內容，不過我聽得出「迷路」這兩個字，而且還出現了好幾次。很顯然，說話的人不是叔叔就是漢斯。

　　於是我用盡全力喊出：「救命！」，希望能聽到他們的回應，但過了好幾分鐘，什麼都沒有發生。不知道是不是石壁太厚，所以我的聲音無法傳到他們那裡？那為什麼我能聽到他們的聲音呢？

　　突然，我意識到我是因為把耳朵貼在岩壁上，才能聽到他們的說話聲，但是花崗岩這麼厚，聲音一定不是透過岩壁傳過來，那麼這聲音很有可能是因為某種聲學效應，通過通道傳到這兒來的。

　　我心中燃起了希望，再一次仔細的聆聽，這一回我確定聽到叔叔的聲音。那麼，我也必須利用這種特殊的聲學效應來傳聲。我找到聲音聽起來最大的地方，盡量靠近岩壁，大聲叫道：「叔叔！我在這兒！」

　　等待的短短幾秒鐘，彷彿幾個世紀那麼漫長，終於，我等來了回音：「阿克塞？是你嗎，阿克塞？」

　　「是的！是的！我迷路了，叔叔！」

「可憐的孩子，你要堅持住！」

「我累極了，快沒有力氣說話了！」

「你聽我說就好，我們一直在通道裡找你，我們以為你沿著『漢斯小溪』走下去了，但往下走卻一直找不到你，我因此流了不少眼淚。現在我們可以聽見對方，純粹是聲學效應，不過不要灰心，阿克塞，能聽見聲音就有希望。」

「好的，叔叔！」

「聽我說，我用計時器測量了你我的距離，按照聲速計算，我們相距不過四英里。我們現在所在的位置是一個大洞穴，我發現這裡的許多通道，都是從我們這個洞穴向外延伸的，只要你順著通道走，一定能回到我們身邊。」

我按照叔叔的指示馬上行動。斜坡很陡，我一路快速下滑。突然，我一腳踩空，身體不斷往下衝，最後撞到一塊岩石，失去了知覺。

等我醒來，發現自己躺在厚毯子上，周圍不再是一片漆黑，而叔叔就在我身邊，注視著我。一見我睜開眼睛，他激動地發出一聲歡樂的叫聲。

「他還活著！」叔叔把我摟進懷裡。漢斯也過來了，他看起來也很高興。

「我們現在在哪裡？」我很疑惑。

「明天再說，你現在只需要好好地休息！」

叔叔只告訴我，今天是八月九日星期天，我孤身一人過了三天。見到叔叔和漢斯後，我終於放下懸著的一顆心，再次沉沉睡去。

第二天醒來，我觀察了一下四周。這是一個洞穴，到處是美麗的石筍，還有一些光線灑進來。另外，我還聽見遠處傳來的風聲，還有……海浪的聲音？難道，我們已經回到地面了？

這時叔叔走了過來，他為我準備了早飯。他告訴我，我掉下來時被岩石砸傷，多虧漢斯的藥膏，我才能恢復得這麼快。我感覺身體好多了，狼吞虎嚥了一番之後，就急著解開心頭的疑團。

「我們是怎麼回到地面的？」

「回到地面？當然沒有！」叔叔叫道。

「難道是我的腦子撞壞了？我怎麼聽到了呼呼作響的風聲，還有海浪聲？」

「這個啊，我無法解釋，等你親眼看到就會明白了，科學探索是永無止境的。」

好奇心驅使我努力地站起來，直直往外走，叔叔怕我著涼，想要阻止我：「外面風很大，明天再說吧！明天我們就坐船。」

什麼？還要坐船？「坐船」這兩個字讓我很興奮，前面是一條河還是一座湖呢？裡面是不是停著一條船？

我的心早充滿各種疑問，什麼也不能阻止我，我一定要出去看一看。叔叔讓我穿上外套，但我顧不得這些，直接離開了洞穴。

起初我什麼也沒看見，因為在黑暗中待了好一陣子，我的眼睛遇見亮光就自動閉上了。當我再次睜開雙眼，眼前的景象讓我又驚又喜地叫道：「海！」

沒錯，我的眼前是一望無際的水面，細緻的沙灘閃爍金光，上面還散落著許多小貝殼，波濤起起伏伏，拍打著半月形的海岸，發出在巨大的密閉空間才會形成的聲響，浪花的泡沫則不時隨風揚起。

距離波浪六百英尺的微斜海灘上，有一大片高聳石壁矗立，直插雲霄，石壁下方的一部分延伸入海，形成海角。這是貨真價實的大海，只是十分荒涼。

頭頂上的「天空」，似乎是一片由水蒸氣形成的雲，雲層間有強光射下來，不過沒有溫度，讓人感覺很蕭索。我覺得雲層背後，仍是花崗岩。

　　但這裡已不再是黑暗的通道，一道特別的光線照亮了一切。它不是陽光，不是月光，反而像北極光，照耀著這個足以容納大海的山洞。

　　這個洞大到無法估量，因為我們看不到盡頭，不知道它多寬、多高。我想不出更合適的名稱，所以只能稱呼它「山洞」。我不知道什麼理論可以解釋我眼前的景象，這個山洞是怎麼形成的？

　　雖然我對地面上的著名山洞很熟悉，例如，哥倫比亞的大鐘乳洞有兩千五百英尺深，美國肯塔基州的山洞，遊客走進去二十五英里也看不到盡頭。但在這個洞穴面前，它們全都黯然失色。

　　我想讚美，想表達我的驚訝，但此刻我才發現自己的辭彙多麼貧乏。我只能說，這就好像在遙遠的星球上，看見了地球人無法言喻的一種奇觀。

　　眼前的一切讓我精神大振，幾乎忘了傷口的疼痛。叔叔建議我，和他一起去海邊散散步時，我一口答應，現在沒有比這更讓我感到開心的事了。

　　我們沿著海灘散著步，左邊直立的岩壁上有瀑布傾瀉而下，構成一道道水幕，另外，還有許多條小溪緩緩流入這片水域，我在其中認出了「漢斯小溪」，我想我會永遠記住它的。

　　在距離我們五百步左右的海灣拐角，有更奇特的景色吸引了我。那裡有一片廣袤的森林，森林的樹是傘形的，任憑風吹也沒有任何動靜。我快步走過去，站在這些神奇植物底下時，我的感受除了讚嘆還是讚嘆！

　　原來這是一片巨大的蘑菇林，每株蘑菇都高達三、四十英尺，數以千計，這些巨大的「屋頂」遮蔽了天空，底下一片漆黑。我們在蘑菇林中迂迴行走了半個小時，森林裡的植物除了蘑菇還有其他的樹木，都是地面上低等灌木的巨型版本。

　　「真是奇妙！真是驚人！」叔叔感嘆道：「地球過渡期的植物都在我們眼前，你看，這些我們以為矮小的生物，在最初的時候是多麼高大啊！沒有一個植物學家能親眼目睹這些！」

　　「是啊！叔叔，上帝似乎有意把這些古代的植物留在這裡。」

　　「不只植物，這裡還是一座動物園呢！」

　　我順著叔叔所指的方向，往腳下一看，「啊！是古代動物的遺骸！」我叫道，接著開始仔細辨認，沙土中散布的一些遺骸：「這是猛獸的臼齒，這是大懶獸的大腿骨……」

　　沒錯，這裡就是一座動物園，絕對不是地殼運動把牠們搬到了這裡，這些動物本來就生活在這座巨大森林中。

　　「但是，為什麼這個花崗岩洞穴裡會出現這些動物呢？四足動物是在岩漿被沉積地層取代後才出現的呀！」我對叔叔說。

　　「要解釋這個很簡單，因為這裡就是沉積地層。」

　　「這麼深的地方怎麼會有沉積層？」

　　「這個也不難解釋，在地球某個時期，地殼是具有伸縮性的，當沉積地層受到地球引力下陷時，這一部分的地層從裂開的縫隙被擠壓了上來。」

　　那麼，這座森林裡會不會還存在這些古代動物呢？我們會不會意外撞見牠們？

　　我有點累了，於是走到海角邊緣坐了下來，望向整片海

灣。這裡就像一個港口，可以容納好幾艘小船。我甚至想像起，自己乘坐小船出海航行的情景。

　　然而當風聲靜止時，四周一片死寂，我這才意識到，我們是這個世界唯一的動物。我心中有很多疑問：這片海的盡頭是什麼？我們能到達對岸嗎？叔叔對這些問題的答案很堅定，但我還在各種奇怪的念頭中掙扎。

第九章　出海準備

　　第二天，我的身體已經完全復原。拋下對這片海、巨大森林，和這趟旅程的一切煩惱，我一股腦地跳進這片特別的「地中海」，舒服地泡了一個澡，我想這對我的健康應該是有好處的。

　　吃早飯的時候，因為不缺水也不缺火，漢斯還幫我們準備了幾杯咖啡，我從未發現這種飲料竟然這麼好喝。

　　「現在漲潮了，我們要趁機展開研究。」叔叔說。

　　「什麼？漲潮？難道這個地方也會受到太陽和月亮的影響嗎？」

　　「怎麼不會？地球上的所有物體都要順從萬有引力，這片海當然也是。」

　　果然，我看到海水正往岸邊逼近。

　　「阿克塞，從這麼多的浪花看來，海水似乎會上漲十英尺。」

　　「叔叔，這太奇妙了！誰會想到地殼裡有片海洋，而且還有潮汐？」

　　「這很正常，沒有哪條自然定律說地殼裡一定不會有海洋。」

　　「是啊！除了地心存在熱量的理論以外。」

　　「現在看來，學者戴維的理論是正確的。」

　　「是的，叔叔。地球內部存在著海和陸地，就足以證明了。」

　　「只是沒有動物存在。」叔叔說道。

　　「是啊！為什麼海裡看不到魚呢？要不我們可以做些魚竿，看釣不釣得到魚。」

　　「當然要試試，我們要弄清楚這裡所有的祕密。」

「我們現在到底在哪裡？叔叔，我想您一定用儀器測量出來了。」

「在水平方向上，我們距離冰島八百七十五英里，羅盤顯示我們還在東南方位。不過我發現一個奇怪的現象。」

「什麼？」

叔叔繼續說道：「羅盤指針不會像在北半球那樣指著磁極，而是指向相反的方向。」

「這麼說來，磁極在我們所處的地方和地面之間？」

「沒錯，如果我們繼續朝磁極前進，也就是目前科學界認為的北緯七十度附近，我們可能會看到羅盤的指針垂直向上。這個引力的中心顯然沒有很深。」

「這是現在的科學家還沒有懷疑過的事。」

「科學本身會存在謬誤，但是謬誤會指引我們發現事情的真相。」

「那我們目前在多深的位置？」我問叔叔。

「八十七點五英里，我們頭頂是蘇格蘭山區。但多虧大自然這個偉大的建築師，我們看到的這個圓頂非常堅固，雖然上方承受著巨大的重量，下面中空而且有巨大的海洋在翻騰，卻不會坍塌。」

「我真怕它會塌下來，叔叔，我們什麼時候回去？」

「回去？怎麼可能！我還要繼續前進，我們的收穫一定會很多。」

「可是我們要怎麼樣才能鑽進海底呢？」

「用不著那麼做，如果這片海其實只是被花崗岩包圍的湖泊，那麼在對岸就一定有可以著陸的地方。」

叔叔一邊說著，一邊估算出到對岸的距離大約是七十五到一百英里。

「我們明天就出發。」叔叔下令道。

「可是船在哪裡？」我環顧四周，沒有發現任何可以渡海的工具。

「你聽到那些叮叮咚咚的聲音了嗎？我們的嚮導已經在行動了。」

叔叔帶我走向海角的另一邊，來到漢斯身邊，我大吃一驚！

漢斯已經完成了一半的木筏，沙灘上還分散著許多其他組件。

「這些是什麼木頭啊？」我問。

「化石木。是種生長在北方的樹木，在地底礦化後，變成的化石木。」

「那它們不會很重，重得浮不起來嗎？」

「有些會，但這些木頭才剛開始礦化，不會太重。」

叔叔朝海中扔了一塊木頭，不一會兒它就浮起來了。

第二天晚上，憑著漢斯的技術，我們的木筏完成了。

木筏平穩的漂浮在水面上，化石木的橫梁由堅實的繩索繫在一起，構成了很牢固的一大塊平面，約有十英尺長，五英尺寬。

我的孩子啊，科學是建立在許多錯誤之上的；
但只要能引導你走向真理，這些錯誤就值得。

Science, my lad, has been built upon many errors: but they are errors
which it was good to fall into, for they led to the truth.

儒勒・凡爾納
Jules Gabriel Verne

第十章　遠古巨獸的威脅

　　八月十三日早晨六點，我們帶著所有物品和大量取自小溪的水上船了。漢斯用旅行毯做了風帆，又在木筏上面裝了舵，我把原本繫著木筏的纜繩解開，馬上要離岸出發了。

　　叔叔建議我們為這座海港取個名字，「就叫它『格勞班港』吧！寫在地圖上會很討人喜歡。」我馬上脫口而出。這樣一來，我這位心愛的姑娘就能和我們這次成功的遠征連繫在一起了。

　　大風從北邊吹過來，我們借助它的力量迅速前進。「照這樣的情形，我們一天就能走七十五英里，很快就會到對岸了。」叔叔說。

　　我坐在木筏前面，注視著周圍的景色。眼前伸展著一片廣闊的大海，一片片雲朵投下陰影，過了不久，所有的陸地就從我們的視線中消失了。我以為我們會一直順利前進。

　　到了中午，大片的海藻出現在木筏周圍，它們在海面上一團團、一片片，綿延無盡，我們只能沿著它們走，卻始終擺脫不了它們。到了晚上，空中的光線仍然在閃爍，為我們提供了源源不絕的光亮。在叔叔的要求下，我鉅細靡遺地紀錄了航海日誌，以下文字就是日誌內容的忠實呈現。

　　八月十四日星期五，氣溫是攝氏三十二度，東北風。今天天氣很好，我們行進了七十五英里，海平面上什麼都看不到。中午的時候，漢斯用一小塊肉當餌來釣魚，花了兩個小時後，他真的成功了。

　　「一條魚！」叔叔喊道。

　　我覺得是鱘魚，但叔叔不同意，他仔細檢查後認為，這是一種已經在地球上滅絕了幾個世紀的魚種，目前在地面上只剩化石存在了。

「什麼？我們釣上來一條原始魚種？」

「沒錯，這應該屬於⋯⋯硬鱗目⋯⋯翼鰭屬，很顯然牠是生活在海底深處的魚種，因為，牠是瞎子。」

我看了一下，果然是這樣。在接下去的兩個小時裡，我們釣到了更多的魚，而且都沒有眼睛。牠們是很好的食物補給。

我想，我們有可能遇見更多的遠古動物。我用望遠鏡看向天空，為什麼這封閉的空間裡，沒有鳥兒在飛翔呢？魚可以供應牠們需要的食物啊！

沉浸在這樣幻想中，我的思緒飄到了美妙的古代生物世界，我彷彿在海面上看到遊走的巨型海龜，海灘上有短角獸在活動；更遠處是巨大的乳齒象晃動著牠的身軀，樹上則有世界上最早出現的猴子——原猴；再向高處，還有翼手龍揮動著牠長著爪子的翅膀，在空中翱翔。

遠古世界就這樣在我的腦海中鮮明的復活。我的思緒飄到了創世紀，那是距離人類出現很久以前的世界。地球演化在我眼前重播：哺乳動物消失，然後是鳥類和魚類，再來是甲殼動物、軟體動物，過渡時期的生物也漸漸化為烏有。

地球本身散發著巨大熱量，所有植物都是巨型的，我走在高達一百英尺的石松樹蔭裡。然後植物不見了，花崗岩不再堅硬，固態的地表變成了液體，整個地球就是一個巨大且灼熱的氣團。這個氣團比它後來的樣子大了約有一百四十萬倍，我在它的內部被帶入宇宙，我的身體越來越小，最後成為一顆原子，穿過這個著了火的氣團，在宇宙間劃出一道軌跡。

這是多麼驚人的夢境呀！在強烈的幻想中，我已經忘了自己身在何處。「小心，你要掉下去了！」突然，我意識到漢斯緊緊地抱住我。多虧他，不然我就要被海浪捲走了。

「你瘋了嗎？」叔叔很不解。

「不，我只是做了個白日夢。」

「醒醒吧！我們很快就要抵達對岸了。」

聽到這句話，我站了起來，向前方望去。然而，我看見的依舊是無邊無際的海面，和海相接的只有天上的雲。

叔叔戴著眼鏡四處張望，交叉著兩條胳臂，他又犯了心急的毛病。在我病倒的時候，展現過一點點的溫柔，又變回那副很氣惱、很不耐煩的樣子了。

「叔叔，你看起來好像很著急。但是我們的速度已經很快了。」

「我不是嫌速度慢，是嫌海太大！」

叔叔的推算錯了，他之前估計海的寬度大概只有七十五英里左右，但現在我們已經航行了三倍的距離，仍然沒有到達終點。

「這是浪費時間，我們根本沒有下降。我可不是為了在池塘裡划船來的！」

「可是我們確實走了薩克努塞走過的路……」我說。

「是嗎？他當初也經過這片海？還是『漢斯小溪』把我們引錯路了？」

「不管怎麼說，至少這是一個風景優美的地方……」

「別跟我提什麼風景，我可不是來看風景的。」

八月十六日星期天，大海仍看不到邊際，絲毫沒有出現一點陸地的影子。

八月十七日星期一。情況依舊不變，光線還在，岸邊還是離我們很遠。

為了測量水深，叔叔用一條一千兩百英尺長的繩子，捆住我們帶來的十字鎬後放下水。但鎬子碰不到底，最後我們花了很大的力氣才把它拉回來。鎬子拉上來時，漢斯發現它

上面有兩個很深的夾痕。他用丹麥語說了一個詞，我一開始沒聽懂，而叔叔只顧著自己思考，沒有理會。漢斯又重複了好幾遍，我才反應過來，他在說「牙齒」！

我拿起鎬子仔細看了一下，真的是牙齒印！難道說真的有什麼遠古猛獸生活在這片海裡？一整天我都在想著這道牙齒印。

八月十八日，星期二。我試著回憶侏羅紀時期動物的特點，當時，地球上的海洋被巨型爬行動物占據，雖然沒有人見過牠們，但根據發現的化石，科學界研究出牠們碩大的體型結構。我在漢堡博物館看過一具長達三十英尺的古代爬行動物骨骼，現在的鱷魚、蜥蜴和牠相比，根本不值一提。

我驚恐地盯著海面，難道我們要和這樣的生物碰面了？叔叔雖然沒有我這麼害怕，卻也意識到了危險的存在，不停地用眼光掃視海面。

八月十九日，星期三。在天空依然明亮的夜晚，睡意向我襲來。兩個小時後，一陣可怕的震動把我驚醒。木筏被一股巨浪頂起，推到了一百多英尺外。

「怎麼了？是不是觸礁？」叔叔喊道。

漢斯指著遠處，叫我們看向四百公尺外的海面上，一大團黑色的東西不斷起伏著。我盯著牠叫道：「大海豚！」

「對！」叔叔說：「遠處還有一隻巨型的海蜥蜴！」

「那裡還有一隻鱷魚，你看牠有多大！」

「鯨魚，一頭鯨魚！」只見鯨魚的頂部噴出一道高大的水柱。

這群海獸大得嚇死人，更要命的是，牠們正迅速朝我們逼近。漢斯急忙轉舵，想要逃離，但另一邊還有巨型海龜和海蛇等著我們。

這些巨大動物離我們越來越近，我拿起槍，可是牠們身

上有堅硬的鱗片和甲殼，不知道槍傷不傷得了牠們。

　　我們嚇得幾乎不敢呼吸。來了！一邊是巨型海蛇，一邊是海蜥蜴，剛剛看見的其他動物都不見了。

　　我正準備開槍時，漢斯制止了我，只見兩頭巨獸掠過我們，在離木筏五百公尺遠處，朝對方撲去，展開搏鬥。

　　突然，其他巨獸也游過來了，我慌張地指給漢斯看，他卻說：「兩頭。」

　　「什麼？只有這兩頭？」

　　「漢斯說得沒錯，」叔叔用望遠鏡觀察後回答：「這一頭長著大海豚的嘴、海蜥蜴的頭、鱷魚的牙齒的巨獸叫做魚龍，是遠古時代最可怕的爬行動物！」

　　「那另一頭呢？」

　　「另一頭長著龜殼的海蛇，叫做蛇頭龍，牠是魚龍的死敵。」

　　兩頭遠古怪獸把海面攪得天翻地覆。魚龍的眼睛和人頭一樣大，從牠豎起的尾鰭估算起，身長應該有一百英尺。而蛇頭龍的身體鱗片遍布，脖子高高伸出海面，長約有三十英尺。牠們纏鬥在一起，掀起一個又一個滔天巨浪，我們的木筏有好幾次差點被擊沉。

　　一個小時，兩個小時，戰鬥持續著，我們不敢鬆懈，隨時準備開槍。

　　突然，兩頭怪獸一起潛入海底，海面形成一個巨大的漩渦。可是平靜了幾分鐘後，一個巨大腦袋猛然伸出海面，是蛇頭龍，牠的長脖子不停地抬起、落下，蜷曲、繞圈，掙扎了一會兒後，就一動也不動了。

　　騷動消失了。勝利者魚龍呢？牠沒有再出現，不知道牠是不是回到了海底的洞穴？還會不會又到海面上來？

我們認為，與其讓書在鐵柵欄後面發霉，
遠離庸俗的目光，不如讓書被閱讀磨損。

*We are of opinion that instead of letting books
grow moldy behind an iron grating, far from
the vulgar gaze, it is better to let them wear out by being read.*

儒勒・凡爾納
Jules Gabriel Verne

第十一章　異常氣候的威嚇

八月二十日，星期四。在大風的幫助下，我們很快地離開了遠古巨獸搏鬥的戰場。旅行又變得無聊起來，不過這樣才最安全。

八月二十一日，氣溫很高。中午的時候，遠處不斷傳來一種低沉的聲音。

「這是海水拍打在岩石上的聲響。」叔叔說。

漢斯爬上桅杆眺望，卻沒有任何發現。

我覺得那是一座瀑布，叔叔卻不這樣認為。三個小時過去了，我們繼續朝著發出聲音的方向駛去，難道我們要墜入深淵了嗎？

我注視著海面，它還是原來的樣子。假設前方真的有一座瀑布，那麼海水應該會越流越快，但是我扔了一個瓶子下去，它只是隨著水波漂蕩。

大概四點鐘的時候，漢斯又爬到桅杆頂端，他向四周環顧了一下，最後他的視線停留在某一點上。

「那邊。」他指著南方說。

「你看到什麼了？」我問。

漢斯拿起望遠鏡，仔細觀察了一分鐘後，說道：「巨大的水柱。」

「難不成又是什麼怪獸？」

「可能。」

「那我們就朝西走吧！大家都不想再碰見那些遠古生物了吧？」

「不，繼續向前。」叔叔說。

漢斯聽從叔叔的指示，穩穩地掌著舵。

雖然我們離牠還有三十英里，可是現在就已經能看到水

柱了，表示這頭怪獸的體型肯定非比尋常。但我明白我們不是為了尋求安全而來到這裡的。

晚上八點的時候，我們離怪獸只剩五英里了，現在已經能看到一個橫躺在海裡的巨大黑影。這絕不是幻覺，我感覺牠應該有一英里高，看起來好像睡著了，卻仍持續噴出五百英尺高的水柱。我心裡非常害怕，恨不得立刻割斷帆索，阻止我們的木筏前進。

突然，漢斯站起來指著怪獸說：「島！」

「這是一座島！」叔叔喊道，接著開始哈哈大笑。

「那麼，那水柱又是什麼？」我問。

「噴泉。」漢斯回答。

「沒錯，就像陸地上的噴泉一樣！」叔叔補充說。

我不得不承認自己犯了一個簡單的錯誤，出現在我眼前的確實是一座島。這座島像一頭將頭伸出水面七十英尺的鯨魚，噴泉的廣度相當驚人，巨大的水柱帶著團團水氣，直衝雲霄。水珠在光線的映照下，散發出彩虹色的光芒。

漢斯操縱著木筏，繞過水柱，我們終於安全的抵達島的另一端，上岸了。

腳下的花崗岩溫度很高，在我們的腳下抖動著，整片土地像是滾燙的沸水，充滿熱騰騰的蒸汽。島的中央有一塊盆地，泉水就是從這裡噴發出來的，我們測量了一下，水溫有一百六十三度，這與叔叔的理論正好相反。

「可是這又能證明什麼呢？」叔叔依然頑固。

但我相信，如果我們一直走下去，一定會到達溫度極高的地區。噴泉水柱時強時弱，經過觀察後，我把它歸因於地下水蒸氣壓力的變化。

在島上休整的這段期間，漢斯負責整理木筏的工作。叔叔用我的名字為這座島命名後，我們再次回到木筏上，重新

出發，沿著南端岩石矗立的岸邊前進。

　　我們已經離開格勞班港六百七十五英里，現在距離冰島一千五百五十英里，位於英國的下方。

　　八月二十二日，星期六。我們遠離了阿克塞島，那壯麗的噴泉已經不見蹤影，也漸漸聽不見隆隆的聲音了。

　　似乎要變天了——如果這裡的環境可以被稱之為天氣的話。大氣裡明顯充滿了電，南方出現團團積雲，像吸水的棉花慢慢脹大，越來越重，空氣很沉悶，海面則很平靜。我覺得天空正在醞釀一場暴風雨。

　　「天氣看起來不大好。」我對著叔叔說，設法平復自己緊張的情緒。

　　叔叔只是聳聳肩，沒有回答。

　　雲層越壓越低，風也變小，一片死氣沉沉，暴風雨準備來襲了！我看著帆，想到這玩意兒會帶給我們危險，於是說道：「我們應該把桅杆放下來。」

　　「不行，絕對不准！」叔叔叫喊起來：「就讓它這樣掛著，風暴才會把我們帶到岸邊，我才不管木筏會不會粉身碎骨！」

　　話才說完，海面上突然刮起狂風，天色越來越暗，暴風雨來了！我們的木筏被風浪掀起，叔叔差點摔倒，我趕緊爬過去扶住他。漢斯一動也不動，看起來就像一尊雕像。我們的帆被吹得鼓鼓的，就快要脹破了，木筏因此疾速前進，我急得大叫：「帆！帆！把它拉下來！」

　　「不行！」叔叔回答。

　　木筏朝著大雨交織的簾幕前進，我們無法控制方向。雷電交加，大海都沸騰起來，水蒸氣非常熱，還有冰雹打在木筏上。強烈的光線讓我睜不開眼睛，巨大的雷聲幾乎令我耳聾，而船上的桅杆竟如蘆葦般，被狂風吹彎了！

八月二十三日，星期天。木筏繼續被暴風挾著前進，氣溫越來越高，不時爆炸的雷鳴聲，超過人類耳朵能夠負荷的程度，我們的耳朵在流血，快聽不見對方說話了。電光依舊閃耀，波濤依舊洶湧，我不知道我們將漂向何方。

八月二十四日，風暴依舊。到了中午，暴風雨甚至更激烈了，我們把所有物品，還有我們自己，都綁在木筏上。

我似乎聽到叔叔在說：「我們完了！」但是海上的轟鳴聲讓我不敢確定。

我在紙上寫道：「把帆降下來。」叔叔總算同意了。

但我們還來不及行動，桅杆和帆就一起被暴風捲走了。突然，一顆帶著電光的火球飛來，把我們帶的所有鐵器都磁化了，火球先是跳到我們的食品背包上，再朝漢斯飛去，他連忙躲開。接著，它又朝我飛來，我想躲，但是我的腳被固定在木筏上了，我拼命掙扎，在它要砸中我的那一剎那，我終於掙脫了繩子。結果，火球撞到船板爆炸，一下化作無數火星，真的完了！

正當我們感到絕望之際，想不到，火球和船上的火光瞬間消失得無影無蹤，彷彿什麼也沒發生過。我茫然地看了看四周，叔叔正無力平躺著，而漢斯仍堅強地掌著舵。

八月二十五日，星期二。我在昏迷中仍感覺到木筏還在全速前進，突然一個響聲傳來，似乎有什麼東西撞擊到岩石上……

木筏撞到了礁石，我感覺自己被甩進海裡，所幸漢斯把我拖了回來，讓我免於一死。漢斯把我和叔叔安頓在滾燙的沙灘，又轉身去救落水的物品。

暴風雨沒有停下的跡象，我們只好找一個岩洞作為遮蔽物。整整三天三夜都沒有休息的我們，就這樣筋疲力盡地睡去。

　　第二天，一切重回平靜，天氣格外晴朗。我醒來看到叔叔時，心情非常愉快，還以為我們已經回到漢堡的家了。可是理智馬上就告訴我，我們還在地心！

　　唉！為什麼暴風雨不把我們直接送回德國呢？

　　「我們終於到了，孩子，我太高興了！」

　　「我們到達終點了？」

　　「不，是到達大海的另一端了，現在我們要繼續踏上陸地，向地心前進。」

　　「可是，叔叔，我們到時候要怎麼回來呢？」

　　「我們都還沒走到底，你就想要回家了？」

　　「我只是在問您打算用什麼方式回去。」

　　「這簡單，抵達地心後，我們不是沿著原路返回，就是另外再找一條路。」

　　「可是我們還有足夠的物資嗎？」

　　「我們有厲害的漢斯在，他把大部分的東西都搶救回來了。」

　　我們一起離開了洞穴，我總覺得在這次可怕的登陸過程中，船上的東西肯定損失巨大。然而我錯了，漢斯已經把我們的東西整齊的擺放在岸邊了。雖然我們失去了槍枝，但所有的儀器都還在，這讓叔叔非常高興。我們的食物也完好無損，剩下的分量還夠我們吃四個月。

　　「這夠我們走完全程了！現在我們要把水窪裡的水收集起來。至於木筏，雖然漢斯正在修理，但我想我們不會再用到了。」

　　「為什麼？」我很驚訝。

　　「我們不會原路返回的。」

　　叔叔根本瘋了，但他說這些話的時候，神情卻是一派輕鬆。

接著他帶我到一塊高地上吃早飯。好久沒有這麼愉快的吃飯了，雖然吃的還是餅乾、乾肉，但我已經心滿意足。我邊吃邊問叔叔我們的具體位置。

「要精準地說出位置很難，在這三天的風暴中，我們無法記錄木筏的方向和速度，所以只能大致估算。」

我和叔叔開始計算，以每天在風暴中航行兩百英里來計算，我們很可能已經橫渡了這片海，這樣算起來，這片海的面積大約與地中海旗鼓相當。

「如果我們估算正確，現在地中海就在我們頭上，因為我們現在離雷克雅維克大約有兩千三百英里。」我說。

「照理說，只要我們航行的方向沒變，這個估算就是正確的。」叔叔說。

「這個簡單，只要看一下羅盤就行了。」

我們回到擺放儀器的地方，叔叔拿起羅盤，看了一會兒後，突然吃驚地轉過身。我接過來一看，怎麼回事？我們期待它指向大海，但指北針一直指著陸地！我仔細地檢查著羅盤，但它仍「不改初衷」。

一定是我們沒有注意風向的改變，而它把我們送回了出發的海岸。

我實在無法使用任何言語或文字描述叔叔一連串的情緒變化——驚訝、懷疑，最後是生氣。我從來沒看過一個人被嚇一跳之後，如此激動的反應。渡海的疲乏、遭遇到的種種危險——這些經歷我們還要再次飽嘗一遍嗎？難道，我們承受的一切苦難，全都白費了？

但叔叔很快就振作起來了，他喊道：「好吧！既然大自然的一切都在跟我作對，我倒要看看，人類和大自然到底誰會勝利！」叔叔顯然被激怒了，他站到岩石上，語氣咄咄逼人，就像在藐視一切事物，想和上帝作對。

　　我必須勸勸已經被憤怒沖昏頭的叔叔：「凡事都必須有個限度，我們的航海裝備太差了，難以應付海上的風暴，要再航行一次簡直是異想天開！」我列舉了好多理由，想要阻止叔叔，但他什麼都聽不進去。

　　這時漢斯已經修好了木筏，叔叔指示他做好再次出發的準備。漢斯唯命是從，我一個人又怎麼說得動他們倆？可是等我坐上木筏，叔叔又改變了主意：「我不能就這麼走，我得好好把這海岸瞭解清楚。」

　　原來，這地方並非我們出發的格勞班港，叔叔自然不願錯過這個機會，對這個新環境仔細探勘一番。

　　我們踩著貝殼，朝海岸上的一座懸崖走去，估計得花半小時才能到山腳。沿途的地貌顯示，這塊土地曾經被海水淹沒。而我想，這片地底的海洋應該是地表海洋通過一些縫隙滲漏下來形成的，但是後來這些縫隙被堵住了，同時，這裡的海水被蒸發掉一部分，形成了頭頂的雲層，氣流則導致了風暴的產生。我對這個自圓其說的理論很滿意。

　　走了大約一英里，我們來到一片平原，這裡堆積著兩千多年以來，各種動物的遺骸，無聲地講述著一部完整而豐富的遠古動物史。

　　我驚呆了，叔叔也是，他咧開嘴，眼睛炯炯有神。對一位優秀的地質學家來說，怎麼可能不對這些無價之寶感到興奮呢？這裡有乳齒象、翼手龍、原猿、短角獸……。在穿越這片「墳場」的半路上，叔叔找到了一個頭蓋骨，他用顫抖的聲音喊道：「阿克塞，一個人頭！」

　　「什麼？一個人頭？」

没有不可能的障碍：
只是意志强弱的问题，僅此而已。

*There are no impossible obstacles: there are just
stronger and weaker wills, that's all!*

儒勒 · 凡爾納
Jules Gabriel Verne

第十二章　發現地心人類？

　　一八六三年三月二十八日，法國南部的一座礦場中，挖掘出一塊人類顎骨，這個發現震驚了整個歐洲。包括我叔叔在內，許多歐洲學者都一致認定，這是一塊第四紀時期的人類化石。這說明早在第四紀，人類就已經存在了。

　　但是這個結論卻遭到一些學者的反駁，他們認為那塊顎骨並沒有這麼古老。事實上，在我們出發前往地心後，歐洲又出土了一些第四紀的人骨，甚至發掘出更早期的人骨，證明人類歷史已有十萬年之久。如此說來，叔叔此時的興奮和驚奇就可以理解了。

　　接著，叔叔又在不遠處發現一具乾屍，可能是這裡的特殊土質完好的保存了它。我們把這個人體標本豎立起來，叔叔竟開始用教授的口吻講起課來：「先生們，我很榮幸能向大家展示這個第四紀的人體標本。很多著名學者否認它的存在，但當他們親手觸摸它時，他們將承認自己的錯誤。」

　　他引經據典，列舉了許多歷史上著名的古代人骨的發掘事件與分析報告，雖然說到難唸的字就會口吃，但這絲毫沒有削減他的熱情。

　　「在這裡，面對一具看得到、摸得著的人體標本，還否認第四紀人類的存在就是在蔑視科學。」他邊說邊擺弄著人體標本，繼續說道：「看到了嗎？他身長不足六英尺，從種族特徵看，肯定是高加索人，而且它與我們一樣，顴骨、顎骨都不突出，我敢說這一定是印歐人種！這是一具和古代巨象同時代的人類化石。如果問為什麼會在這裡發現它，我無法回答，或許是地殼運動讓部分地面沉降導致。總之，我們無法否認這裡確實有人骨的存在，除非他和我一樣，是為科學獻身的旅行者。所以遠古時代就有人類了。」

發言完畢，我熱烈鼓掌。叔叔的演說有憑有據、條理分明，讓人很難反駁。

我們幾乎每走幾步路就能發現這樣的乾屍，這足以說服那些不肯相信這個觀點的人。但是有個很重要的問題，我們還是無法回答：這些人和動物，是因為死後受到地殼運動影響而來到這裡，還是一直在此生活直到死亡的呢？

急切的好奇心驅使下，我們在屍骨堆上又多走了半個小時。這裡會不會還有什麼科學寶藏，等著我們去發現呢？

海岸已不在我們的視線範圍，我跟著不怕迷路的叔叔一直往深處走去，我們靜靜地前進著，沐浴在奇異的電光裡。這道電光的存在讓人難以解釋：電光散布得很均勻，將每樣東西的每一面都照得一樣光亮，而且電光不是來自同一固定點，被照射到也不會產生影子。所有水蒸氣都已不見，這裡看起來就像赤道地區的中午，我們也彷彿成了沒有影子的奇妙人物。

走了一英里後，我們來到一大片森林的邊緣，這裡猶如第三紀植物的天然博物館。地表上早已消失的樹種在這裡密集地生長，地上有著一層厚厚的地衣和苔蘚，溪流在樹下緩緩流淌。然而這裡的樹木缺乏陽光的照射，樹幹幾乎沒有綠色，花朵也不會散發香味，顯得無精打采。

叔叔毫不猶豫的在樹叢間邁步走著，我看到許多豆科植物、楓樹，還有許多灌木。接著我們又看到許多在地表上分布於不同地區的樹木：澳洲的桉樹、挪威的松樹、俄羅斯的樺樹、紐西蘭的杉樹……現在它們全都長在一塊兒了。

我突然停下腳步，拉住叔叔。光透過樹木間的空隙能讓人看到深處的景象，我想我看到了—— 不，我清楚看到那邊有許多龐然大物在行進，我聞到牠們的氣息，聽到牠們啃食植物的聲響。

那不是化石！牠們是活生生的乳齒象！

我想拉著叔叔往回走，不想變成這些巨獸的食物！叔叔卻說：「往前走。」

「不！您想被牠們吃掉嗎？快回去吧，叔叔！」我近乎哀求地說道。

「不是這樣的，阿克塞，我看到那邊有人！一個人！」叔叔小聲地對我說。

我不相信，但事實勝於雄辯。

在不遠處，果真有一個人，不過他跟我們不一樣，是個巨人！他身高約有十二英尺，腦袋被亂蓬蓬的毛髮遮蓋。他揮舞著動物皮製成的鞭子，正在看管象群，原來這是一位遠古的牧人。

「快走！」我拉著叔叔拼命往回跑，一刻鐘後，我們成功逃離了那裡。

直到事情已經過去好幾個月，我終於可以冷靜思考這個巨人是怎麼回事了。他是人類嗎？地心居然有人類居住？我倒認為牠是一種古猿，雖然沒有任何一本書記載過如此巨大的猿。反正我不會相信，這絕對不是人類！牠只是隻猿，是隻猿，這裡不會有人！

回到現在，我和叔叔驚恐地奔跑著，腦袋一片空白。最後我們來到一片陌生的土地，周圍的環境與格勞班港相似，但細看又不大像。

「我想如果我們繼續沿著海岸走的話，就會回到格勞班港。」我對叔叔說。

「如果是這樣，我們就沒必要往前走了，不如直接回到木筏上。」叔叔說。

「我不敢確定，但是那個海角似乎就是漢斯造木筏的地方。」

「如果你說得沒錯，那應該多少可以看到我們之前的足跡，但是⋯⋯」

「我看到了！」我朝著沙灘上發亮的東西跑過去──是一把匕首。

「叔叔，這應該是您帶的匕首吧？」我想當然地說。

「不，這不是我的。」

「這也不是漢斯的，我從沒見他使用過，當然也不是我的。那⋯⋯」

「阿克塞，你先別出聲，讓我看看⋯⋯」叔叔壓低了聲音說：「這是一把十六世紀的武器，匕首上的缺口顯示，它躺在這裡應該至少一、兩百年。」

「一定有人在我們之前來過這裡！」我叫起來。

「沒錯，這個人一定用匕首留下了他的名字！他會為我們指路！」於是我們沿著岩壁勘察，岩壁中有許多縫隙，說不定其中一條就是通往地心的通道。

「在這裡！」叔叔叫我過去。我靠近他，看到兩塊岩石中間有個洞，洞口的花崗岩上出現了熟悉的盧恩文字母。

「阿爾納・薩克努塞！」叔叔叫道。我以為自己已經對不斷出現的奇異事物麻痺了，但這一次我還是嚇到了。我沒有理由再懷疑薩克努塞的旅行了。

叔叔對這個名字嘖嘖讚嘆：「真是了不起的天才！是你一直指引著我們前進，你把進入地心的機會留給後人。我也要在花崗岩上留下我的名字，但是這個海角將永遠以你的名字命名──薩克努塞海角！」

我被叔叔說的話感染，心裡有一股熱氣在迴盪著，「前進吧！」我叫道：「我們也要完成前人的旅程！」

一向容易衝動的叔叔這次卻勸我了，他表示我們要保持冷靜：「我們先回漢斯那邊，把木筏駛過來。」

　　回去路上，我對叔叔說：「我覺得上天很眷顧我們，是祂用風暴把我們帶過來，否則我們永遠都看不到薩克努塞刻的名字了。」

　　「是啊！我們本來是向南航行的。我無法解釋，或許這就是命運吧！」

　　「我們現在應該繼續往北走，走到瑞典、俄羅斯的地底去。」

　　「對，這片海無法帶我們到目的地，我們應該繼續往下走，往地心走！」

　　回到原處，漢斯已將一切準備就緒。三小時後，我們在薩克努塞海角上岸。我急著進入那個岩洞，但叔叔說得先勘查四周環境。我們把船固定在岸邊，然後走到洞口，它的寬度大約是五英尺，表面有火山噴發過的痕跡。走進去沒有多久，我們就被一塊岩石擋住了去路。漢斯用燈照了一圈，卻沒有發現出口。

　　「薩克努塞是怎麼過去的呢？」我失望地坐在地上，憤怒地叫道。

　　「難道他也被擋住了？」叔叔回答。

　　「不對，這一定是地震之類造成的，在薩克努塞來過之後才變成這樣。洞口有火山岩漿流過的痕跡，說明這條通道曾經是可通行的。你看，岩石頂部有一些看起來比較新的裂紋，這一定是從洞穴上方掉落時造成的。只要把這塊岩石敲開，我們就能繼續往前走！」

　　我開始像叔叔那樣吼著說話。我忘記之前的險境，也忘記地面上的生活，此刻我的大腦完全被探險的欲望占據。

　　「那麼我們就用鐵棒把這石頭敲開吧。」叔叔說。

　　「岩石這麼硬，光靠這些工具是行不通的！我們應該用炸藥！」

「炸藥？」

「對！只要炸掉一小部分就好！」

叔叔接受我的提議，讓漢斯開始準備，我積極的在一旁幫助漢斯。半夜，我們終於把自製「地雷」埋好，現在只要一點兒火花就能讓它爆炸。

不過叔叔說：「明天。」所以我不得不再等六小時！

第十三章　火山噴發

　　第二天，八月二十七日，星期四，我會把這個偉大的日子銘記在心。從這天起，我們的理智完全被探險的狂熱取代了。

　　早晨六點，我們起身準備爆破，我自告奮勇做點火手。導火線燃燒大約十分鐘後就會爆炸，我懷著激動又忐忑的心情，拿起燈點燃導火線，然後迅速跑上木筏，漢斯立刻將木筏駛離海岸，以免被爆炸波及。

　　五分鐘後，炸藥發揮作用了。雖然我們沒有聽到很大的聲響，卻親眼看到岩石像帷幕一樣打開，出現一個深不可測的洞穴，巨大的波浪把我們托舉了起來。剛才的爆破造成了地震，海水的洪流往地洞猛灌，我們也被捲了進去。

　　不知過了多久，我們只感覺到木筏撞擊在岩壁上的劇烈震動。我們緊緊抓住彼此，以免掉到木筏外面。木筏以飛快的速度向下墜，我們僅存的一盞照明燈也被震滅，幸好聰明的漢斯又把它點亮了。

　　地洞裡的通道很寬，水面像射出去的一排水箭，木筏就這樣被水流挾帶，以大約四百英里的時速前進。前進的氣流太大，我們喘不過氣，只能轉身背著風，但沒想到更大的麻煩接踵而至。

　　當我試著整理木筏上的東西時，發現我們的物品大多都被海水捲走，儀器只剩計時器和氣壓計，食物也只夠吃一天了。我找遍木筏的每一個角落，什麼都沒有。這讓我洩氣極了！

　　沒了食物，任何困難都變得微不足道，我們不必擔心逃脫的希望微乎其微，因為在那之前我們就會先餓死了！我不敢把這個壞消息告訴叔叔，我希望他還是保持冷靜。

這時燈光暗去，燈芯燒完了，剩下的最後一支火把也無法點燃，我們只能在黑暗中感受前進的速度。海水如瀑布般向下流瀉，我們幾乎是垂直的下墜。我感覺到叔叔和漢斯的手用力的拉住了我。

　　過了很久，木筏突然停止下墜，一道巨大的水柱落了下來，不僅狠狠的淋濕我們，還幾乎讓人窒息，幸好幾秒鐘後水流就停止了。等到一切都平靜時，我們仍在木筏上，大口的喘著氣。

　　叔叔的聲音傳來：「我們在上升！」

　　「您的意思是？」我喊道。

　　「沒錯，就是上升！上升！」

　　我張開雙臂，卻被兩側的岩石劃出傷口，我們正以很快的速度上升著。

　　「火把！火把！」叔叔喊著。

　　漢斯好不容易點燃了火把，我們才看清周圍景象：這是一個狹窄的井道，水從底部滿溢上來，正推著我們上升。

　　「我們會上升到哪裡？」我問。

　　「不知道，不過我們要做好準備應付任何情況，現在我們上升的速度大約是每分鐘八百英尺，這樣下去我們很快就會到達地面的。」

　　「這是在沒有阻礙的情況下！如果壓力過大，我們就會被空氣壓死！」

　　「阿克塞，如果說我們隨時有死的可能，那麼我們也隨時有逃命的機會。我們要利用一切機會逃生，所以現在趕緊吃東西，恢復體力，做好準備。」叔叔平靜地回答我。

　　「但是，我們的食物已經……」我沒說完，漢斯也搖了搖頭。叔叔這才發現我們只剩下一點餅乾和一塊肉乾，於是他沉默了。

時間流逝，飢餓越來越難以忍受，但是沒人捨得碰那一丁點兒食物。我們仍迅速上升著，但速度並沒有讓我們享受到涼風，相反的，溫度持續在升高。

這是不是意味著地心存在熱量的理論還是正確的？

我對叔叔說：「我們現在除了被壓死、餓死，還有可能被熱死。」

叔叔聳了聳肩，沉思片刻後說道：「我決定了，我們要吃掉剩下的食物。」

「可是，吃完之後，我們就什麼都沒有了。」

「對，但是如果現在不吃，我們就沒有體力，萬一有逃生的機會呢？」

「難道您覺得我們還能生還嗎？」

「當然，不到最後一刻永不放棄希望！」叔叔有著超越常人的意志力。他把食物分作三份後，我們就開始吃起「最後的晚餐」。

接著，漢斯又找到半瓶杜松子酒。「真好喝。」他和叔叔都這麼說。

吃飽喝足後，我們恢復了體力，也燃起了一絲希望。叔叔用火把繼續觀察著四周，我對他在這種環境下還能保持冷靜佩服不已。

「火成花崗岩，我們現在還在原始時期，但我們正在上升了。」他說。

過一會兒，他又說：「片麻岩出現了！還有雲母片岩！我們上升到過渡時期了！」

可是氣壓計也在一陣混亂中掉進水裡了，叔叔能算出我們頭頂的地殼厚度嗎？我很懷疑。然而溫度確實高了，這幾乎是煉鐵爐裡的溫度了。即使我們已經把衣服都脫了，還是覺得熱得非常難受。

「我們會不會正通往一個熔爐？」我問。

「不！這絕對不可能！」叔叔回答。

「可是這岩壁燙得跟開水一樣！」我說。

叔叔什麼也沒說，只用了一個動作表達他的憤怒。

我有預感，有巨大的災難將要降臨，因此無比恐懼。此時，有一個想法在我的腦中逐漸清晰了起來。在火把的映照下，我看到花崗岩在震動，這證實了我的想法，有什麼事即將發生，而這件事是電、高溫和沸水引起的。

再看看羅盤：哦！它正在不停的晃動！

羅盤裡的指針不停地打轉著，從一個方向急轉到另一個方向，幾乎把羅盤上的每一點都指遍了，彷彿它得了眼花撩亂的病症。我知道，地球內部的變化、潮汐等因素會影響地球的磁場，單單這樣的現象是不足以讓我手足無措的，然而我還聽到越來越大的爆炸聲。受到雷電現象影響而失控的羅盤，再一次證實了我的想法，岩石的縫隙一定會合攏，我們所處的通道一定會被炸得粉碎，我們也會完蛋的！

「叔叔！叔叔！我們完了！」我叫喊著。

「你怎麼了？出什麼事了？」叔叔表現得非常鎮定。

「您沒有看到嗎？岩壁在晃動，羅盤指針全亂了，還有高溫、水蒸氣，這一切都說明馬上要地震了！」

可是叔叔卻搖頭，說：「不，你弄錯了。」

「什麼？難道您看不出來嗎？」

「不是地震，我想，這比地震要好一點。」

「什麼？」

「是火山要噴發了。」

「什麼！」

「是的，我想這對我們來說是件好事情。」叔叔居然微笑著說道。

「您在說什麼？我們會被滾燙的岩漿、石塊追趕，我們會被噴射到半空中！這是好事？」我簡直要被他氣瘋了。

「是的，這就是我們活著出去的機會。」叔叔說。

瞬間，無數個念頭在我腦中晃過。叔叔說得對，這是機會！我為什麼就不能像他這樣鎮定的計算、勘察，得出這個驚人結論？沒錯，我們會被火山噴發的推力推著往上升，直達火山口。只是我們不會到達斯奈菲爾火山口，我努力思考著我們會出現在哪裡。

唯一可以確定的是，我們應該會到北方，因為羅盤還沒故障之前一直指著北方。

隔天清晨，上升速度加快，積聚在地下的水蒸氣形成一股巨大的推力，完全無法阻擋。火山通道漸漸變得寬闊，突然，我看到了火光。

「快看，叔叔！我們會被火焰包圍的！」

「不會。通道現在很寬闊，如果有危險，我們可以躲到岩石的裂縫裡。」

火山噴發物就在我們底下，氣溫高得讓人難以忍受，要不是快速上升帶來一點流動的空氣，我們肯定會窒息的。

所有不可能的事情都是有待完成的。

All that is impossible remains to be accomplished.

儒勒·凡爾納
Jules Gabriel Verne

第十四章 《地心冒險》誕生

早上八點，我們的木筏上升情況忽然停住了。

「難道火山爆發停止了？」我問道。

「不用擔心，過一會兒我們又會上升的。」叔叔看著計時器說。

他的預測是正確的，幾分鐘後我們又開始上升了，不過走了一會兒又停住了。

「十分鐘後它就會繼續動作的。我們正在一座間歇火山裡。」叔叔又說對了。間歇性地停止不知發生了多少次，但整體來說，我們的確是在往上升。

我感到悶熱難耐，只好想像當我被拋出火山口，到達北極的冰天雪地時，該有多麼舒暢。這種想像沒持續多久，我就被強烈的震動和窒息感弄暈了。之後幾個小時，我只模模糊糊地聽見爆炸聲，感覺木筏上下起伏，在火焰包圍下，隱約看到漢斯在火光中的臉。

世上沒有比那更恐怖的景象了！

當我醒來時，發現自己躺在一座山坡上，離火山口相當的近。

我們還沒死！

我跟叔叔差點就從峭壁上滾落，是漢斯救了我們。

「我們這是在哪兒？」叔叔因為地心旅行沒有按計畫完成，聽起來十分惱怒。

「在冰島。」我說。

「不是。」漢斯回答。

我以為漢斯搞錯了，我以為我們出現在北方的冰天雪地裡。但眼前炙熱的陽光，以及四周的一切都告訴我，是我搞錯了。

等我們的眼睛都適應了光亮後，叔叔說：「這確實不像是冰島。」

環顧四周，在我們的頭頂上方五百英尺處是火山口，它還在不停地噴發。在山坡上，噴發物正不停地往下流淌，而山腳則可以看到茂密的樹叢，彷彿是無花果樹和葡萄藤。往更遠的地方望去，波光粼粼的海面上有許多白帆。

這裡肯定不是北極！

「這到底是哪裡？」我完全被搞糊塗了。

「不管怎樣，火山還在噴發，我們也都餓到不行了，先下山吧！」

我們順著陡峭斜坡往下走，這個問題在我的腦中不停翻騰，最後我忍不住脫口而出：「這是亞洲！在印度，或者馬來西亞，我們到了歐洲彼岸！」

「羅盤指向哪裡？」叔叔問。

「照指針看來，我們還是在往北走。」我說。

「它在騙我們，難道這裡會是北極嗎？」叔叔說。

我不知道如何解釋，不過眼前的景象轉移了我們的注意力。我們走進了一個村子裡，果樹林立，還有泉水流淌。算了，先盡情享受飽滿甜美的果實，還有令人心曠神怡的甘泉再說吧！

一會兒，不遠處出現了一個孩子。他衣衫襤褸，表情看起來很害怕，顯然是被我們這些灰頭土臉、幾乎半裸的人嚇到了。他想逃跑，但被漢斯抓住了。

叔叔試著用德語跟他說話，他聽不懂，又用英語，但他還是不懂。叔叔換成義大利語問道：「這是哪裡？」

孩子還是不說話。叔叔生氣了，拉著他左搖右晃：「這到底是哪裡？」

「斯特龍伯利。」孩子一說完，就掙脫漢斯，跑掉了。

斯特龍伯利！終於搞清楚了！這是位於地中海的義大利小島。真是奇妙！我們從冰天雪地進入地底，又從一萬六千多英里外、陽光燦爛的地方鑽了出來，我們高興得手舞足蹈起來。

飽餐一頓後，我們前往當地的港口。為了保險起見，一路上我們都向當地人解釋，說我們是沉船的難民，以免他們把我們當作來自地底的妖怪。

一個小時後，我們來到港口。叔叔把最後一週的酬勞付給漢斯，然後熱情的跟他握手，雖然漢斯沒有這麼激動，但我還是注意到他微笑了一下。

故事接近尾聲了。

斯特龍伯利的居民們熱情招待了我們，就像他們經常對船隻失事的難民那樣，給我們送來食物和衣服。等了四十八個小時，我們終於在八月三十一日，坐船來到義大利的墨西拿。接著又從墨西拿，輾轉到了法國馬賽。九月九日，我們回到了漢堡。家裡人的驚喜是不用多說的了。

瑪爾塔把我們到地心歷險的事透露了出去，於是這個消息很快就人盡皆知了，對於我們的種種經歷，許多人都不相信，我也習慣了。直到漢斯出現，人們才慢慢開始相信確有此事。

如今叔叔成了偉大的人物，而我是偉大人物的姪子，這當然很不錯。約翰大學為此辦了一場報告會，叔叔介紹了我們的旅程，而且把薩克努塞寫著密碼的羊皮紙，捐給了漢堡檔案館。

他表示儘管自己意志堅定，但客觀因素使他無法像薩克努塞一樣抵達地心，讓他很遺憾。叔叔的謙虛為他贏得更多的掌聲。當然，他還十分認真的與那些贊同地心熱量理論的學者們展開辯論。

有一件遺憾的事，就是漢斯沒有接受我們的邀請出席報告會，而是回冰島去了，他想念他的家鄉。他曾救過我們的命，我不知道還有沒有機會報答他，總之我會一輩子記住他的。

　　最後，我們把這些故事寫成了一本《地心冒險》，這本書被翻譯成很多版本，引起人們廣泛的討論。

　　然而叔叔卻還在為一件事情煩心——那個羅盤。對學者來說，沒什麼是比解釋不了一個奇怪現象更痛苦的事了。

　　不過上天還是很眷顧他。

　　某天，我在幫他整理東西時，無意中看到那個羅盤，它被遺忘在角落半年了，這讓我十分驚訝。

　　「叔叔，」我大叫著：「羅盤把北方指成了南方！」

　　「你說什麼？」

　　「您看，它的南、北極顛倒了！」

　　「也就是說，當我們到達薩克努塞海角後，它把北方指成南方？」

　　「就是這樣。」

　　「這樣就可以解釋我們的錯誤了。但為什麼輪盤指向會顛倒呢？」

　　「我想，一定是遇到海上風暴時，那顆帶電的火球，把羅盤磁化了。」

　　「啊！原來是那顆火球的電搞的鬼！」叔叔大笑道。

　　煩惱已久的謎團終於解開了。

　　從那天起，叔叔總算成為了快樂的學者，我則是他快樂的侄子。至於格勞班呢？她已不再是叔叔的教女，而是他的侄媳了！

地心冒險學習單

儒勒・凡爾納（了解作者與作品）

1. 儒勒・凡爾納曾為了熱愛的文學與父親發生爭執，並為此放棄苦學多年的法學，也拒絕繼承父親的律師事業。如果是你，當你熱愛的興趣或職業，被家人所反對時，你會選擇怎麼做？

2. 你覺得要像儒勒・凡爾納一樣寫出如《地心冒險》和《環遊世界八十天》這樣充滿想像力和精彩冒險的故事，應該具備哪些知識？

3. 東京迪士尼有以《地心冒險》為背景故事的遊樂設施，如果今天要你設計一個以儒勒・凡爾納的著作為主題的遊樂設施，你會使用哪部著作？又會如何設計設施的內容？

地心冒險（故事內容的回顧）

1. 為什麼李登布洛克教授認為斯加丹利斯火山不會噴發？

2. 阿克塞迷路了三天，他最後是如何與李登布洛克教授他們會合的？

3. 他們最後有達到原本的目標嗎？你覺得這趟旅程主角收穫了什麼？

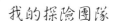

我的探險團隊

（假如故事內容發生在自己身上會怎麼做？）

1. 今天有個神祕盒子寄到你家，打開它會得到一個冒險的機會，你希望進行什麼樣的冒險？是深海裡的古老遺跡？月球上的神祕足跡？高空出現的飄浮城堡？

2. 當你決定踏上旅程，你會想找誰做你的探險夥伴？是遇事果斷、行動力強，但性格暴躁易怒的李登布洛克教授；還是聰明、堅強但性格有些唯諾、悲觀的阿克塞；抑或是強壯、聰明、有行動力但寡言少語的漢斯？為什麼？

3. 根據你想像的冒險，你覺得自己需要什麼技能或知識，才能讓這場冒險更加順利？為什麼？

危機了解（故事困境的延伸）

1. 阿克塞因為疏忽而與教授他們走散，過了三天才與隊友重聚。如果是你，你會怎麼做來避免與同伴們走散？

2. 人如果一直沒有進食，脾氣會逐漸變得暴躁、憂鬱，你知道為什麼嗎？除了這些，一直沒進食的人還會有什麼症狀呢？

3. 水是維持人體運作最關鍵的必需品，甚至比食物更重要。你知道一個人如果長時間沒有補充水分，會發生什麼事嗎？身體又會出現什麼症狀呢？

火山知識（故事內容的延伸）

1. 旅程中，阿克塞時常擔心遇到火山噴發。你知道如何區分活火山和死火山嗎？又如何判斷活火山目前是否會噴發？還有，什麼因素可能會使死火山再度噴發岩漿呢？

2. 你知道世界上有哪些死火山嗎？

3. 火山是怎麼形成的？火山會為附近的生態環境造成什麼影響？

地底世界（活動）

　　李登布洛克教授與侄子阿克塞在地底看到了一座湖，湖上有雲層和光，湖下還有古代魚與兩頭巨獸，還遇到看管乳齒象群的巨人，他們的地底世界如此精采，你所想像中的地底世界又是怎麼樣的呢？試著將它畫下來，或撰寫看看吧！

環遊世界八十天

目　錄

第一章　兩萬英鎊的賭約

一八七二年，伯靈頓花園坊薩佛街七號，住著一位神祕的斐利亞・福克先生。這位福克先生行事低調，從沒做過什麼驚天動地的事情，但他卻是倫敦革新俱樂部最特別、最引人注目的人物。

如果你認為福克先生的出名，是由於他長相奇特或家財萬貫的話，那可就大錯特錯了。從外在條件來看，福克先生與其他英國紳士沒什麼不同。

福克先生確實是個道地的英國人，但也許不是倫敦本地人。他相貌堂堂，年約四十，面貌清秀，身材修長，略微有些中年發福；他風度翩翩，有著金褐色頭髮和鬍子，天庭飽滿，白淨的面孔上看不見一絲皺紋；他眼神沉穩而堅定，有著極高的個人修養，幾乎已經達到「雖動猶靜」的地步，凡是「多做事，少說話」的人所具有的特點他都有。但這些並不足以讓他與眾不同，因為只要是英國的紳士都能達到這樣的標準。

他的生活富足卻不奢華，如同他在薩佛街的住宅，雖不富麗堂皇，但卻十分舒適——筆直的街道、整齊的房子、美麗的花園、熱情的鄰居，是個典型的英國上流社區。除此之外，福克先生還是英國最頂級的俱樂部之一——「革新俱樂部」——的會員，該俱樂部有眾多社會名流和商賈雲集。

在那裡，一年四季，你都能吃到味道鮮美、營養豐富的食品。那些身穿黑禮服、腳穿厚絨軟底鞋、態度莊重的侍者亦會為您提供細心周到的服務。美酒也是品種齊全，有西班牙白葡萄酒、葡萄牙紅葡萄酒和摻著香桂皮和肉桂的粉紅葡萄酒，全都盛在古樸典雅的水晶杯裡。

如果有人對於像福克先生這樣古怪的人，居然也能加入

像革新俱樂部這樣榮譽的社團而感到驚訝的話，人們就會告訴他：福克先生是經由巴林氏兄弟的推薦才被接納入會。他在英國最好的巴林銀行存有一筆數目不小的儲蓄，且帳面上永遠有存款，因而獲得了信譽，所以只要是他開的支票，照例總是「憑票即付」。

這位福克先生是個財主嗎？毫無疑問，當然是的。可是他的財產是如何獲得的呢？這件事就連消息最靈通的人也說不出個究竟，只有福克先生自己最清楚。如果想要打聽這件事，最好還是問他本人。

福克先生從來不揮霍，但也不吝嗇。無論什麼地方，如果有什麼公益或慈善事業缺少經費，他總會毫不遲疑地拿出錢來，甚至有時捐了錢，還不留姓名。

福克先生看起來如此普通，但是，圍繞在他身上的幾個謎團，卻始終無解，這也讓他成為大家公認的神祕人物。

首先是福克先生的財富來源。他既沒開辦工廠，也沒經營農業；既不做買賣，也不從事醫生、律師等賺錢的行業。事實上，他沒有從事任何職業或參與任何團體，儘管英國首都裡有著各式各樣的社團，你都不會看見他的蹤跡。如果說他的財富是世襲而來，福克家族又毫不顯赫，也沒出過什麼名人或做過什麼大事。

第二是福克先生鮮少有社交生活。福克先生沒有妻子兒女，也沒有親戚朋友，豪宅裡只有他和一位僕人。他從不探親訪友，也不設宴招待客人，這對於那些親朋好友成群、終日忙於應酬的英國紳士看來，簡直是無法想像的。他唯一的社交生活就是去俱樂部。

但即便在俱樂部，他也是安安靜靜，不是坐在鋪著鑲花地板的大廳裡看報，就是在迴廊上來回踱步。他從不主動與人攀談，即使有人找他聊天，他也是寥寥幾句，表面敷衍而

已。他唯一的消遣就是看報和玩一種叫作「惠斯脫」的紙牌遊戲，這種靜態的娛樂最符合他的性格。他常常贏錢，但贏來的錢從不放進自己的口袋，而是慷慨地捐出去。

對他來說，他純粹是為了娛樂而打牌，而打牌只是一場智力遊戲，可以不用大幅度的活動就能鍛鍊腦力，且不會引起疲勞。這完全適合他的性格，所以對他來說輸贏完全不重要。

第三是福克先生的生活很有規律，如同鐘錶一樣精確。他不但按時吃飯，且總在一間固定的餐廳、一個固定的座位上用餐。一天有二十四個小時，他待在家的時間只有十個小時，不是睡覺，就是梳洗，其餘時間皆在俱樂部裡度過，且每到午夜十二點整，他就回家睡覺，從不在外過夜。

福克先生對於穿著也有十分嚴格的規定，他的每一條褲子、每一件上衣，甚至是每一件背心，都標有編號，哪天穿哪一套衣服、什麼款式的鞋子，都要按照登記簿上的號碼行事。

最後一個謎團就是福克先生曾出門旅行過嗎？這很有可能，因為他足不出戶卻能知天下事。多年來，福克先生從未離開過倫敦，他的左鄰右舍都可以證明，他每天除了經過門前那條筆直的街道，從家裡到俱樂部以外，沒有人能說曾在其他地方看見過他。

但是關於世界地理的知識，他卻懂得比任何人都多。不管什麼偏僻的地方，他都非常熟悉，有時他僅用簡單明瞭的幾句話，就澄清了俱樂部中有關某某旅行家失蹤或迷路的流言。他指出這些事件的真正可能性，好似他具有一種千里透視的天賦，而事情的最後結果，通常都證實了他的見解是正確的，就好像這些地方他都曾親身造訪、親身經歷過一樣。至少在精神上，他應該去過了所有地方。

總之，關於福克先生的底細，人們僅知他是一位不愛與人來往的豪爽君子和英國上流社會的紳士，其餘的則一概不知。公眾對於他那捉摸不透的背景產生了極大的興趣，以致於他的一舉一動都會激起一連串的奇怪猜測和想像。

　　福克先生的生活習慣一成不變，因此他也要求僕人在日常工作中一定要按部就班，準確而有規律。十月二日，福克先生辭退了他的僕人詹姆斯‧伏斯特，他被辭退的原因僅是因為他本該送來給主人刮鬍子用的三十度溫水，但他送來的卻是二十八點九度的水。

　　此刻，福克先生四平八穩地坐在安樂椅上，等待他新僕人的到來。他全神貫注地看著牆上的掛鐘，按照他每天的習慣，十一點半的鐘一敲，他就會離家直接前往革新俱樂部。

　　時針指向十一點二十分了。正當福克先生準備放棄等候時，外面傳來一陣敲門聲。一名三十歲左右的年輕人走了進來，恭敬地朝福克先生行了個禮。

　　「你是法國人嗎？你叫什麼名字？」福克先生問。

　　「我叫若望，」新來的僕人回答說：「路路通是我的綽號。從這個名字，你就知道我的辦事能力了。我從事過很多行業，比如說流浪歌手、馬戲團演員、體育教練等，還曾在巴黎當過消防隊隊長呢！雖然這些行業我都做得不錯，但我對飄忽不定的生活有些厭倦了，因此想找份穩定的工作。聽說福克先生您是英國最講究規律、最愛安靜的人，所以我便到您這來，想成為您的管家，安安穩穩地過日子……」

　　「路路通這個名字我滿喜歡的，」福克先生打斷了新僕人喋喋不休的自我介紹，「我知道你有很多優點，但你知道我這裡工作的條件嗎？」

　　「知道，先生。」

　　「那就好，現在你的錶幾點？」

路路通伸手從口袋裡掏出一只大銀錶，回答說：「十一點二十二分。」

「你的錶慢了。」福克先生說。

「請恕我直言，先生，但這不可能。」

「你的錶慢了四分鐘。不過不要緊，你只要記住相差的時間即可。好了，從這一刻起，即一八七二年十月二日星期三上午十一點二十九分開始，你就是我的傭人了。」

語畢，福克先生起身，左手拿起帽子，機械式地把帽子往頭上一戴，就一聲不響地走了。

現在薩佛街的豪宅裡只剩下路路通一個人了。路路通望著福克先生離去的方向喃喃自語道：「說真的，我在杜莎夫人屋裡見過的那些『好好先生』跟我現在的這位主人簡直沒有任何區別！」（稍微交代一下，杜莎夫人屋裡的那些「好好先生」是用蠟做的，倫敦經常有很多人前去欣賞，他們做得活像真人，就只差不會說話罷了。）

福克先生就是這樣的人，日常生活按部就班，行動精密準確，從來不慌不忙，凡事總有準備，甚至連走幾步、動幾步，都有一定的規定。福克先生從不多走一步路，路線總挑距離最短的走，他也絕不會無故地多做一個動作。他從來沒有激動過，也從來沒有苦惱過。他是世界上最慢條斯理的紳士，也絕不會遲到誤事。平日裡的他與世隔絕、一直以來都是獨來獨往，因為他覺得在生活中只要和別人往來，總會起爭執而誤事。

說到路路通，雖然福克先生對他不太感興趣，但為了滿足讀者的好奇心，我們還是有必要詳細地介紹一下他。

路路通是個土生土長的巴黎人。他的相貌十分討喜，圓圓的腦袋，胖胖的臉，眼睛是碧藍色的，嘴唇微翹，給人一種和藹可親的感覺。他的身材魁梧，肩寬腰圓，由於經常鍛

錬，他身手矯健且力大無窮。唯一的缺點就是，他那棕色的頭髮總是亂蓬蓬的，如果主人要求苛刻的話，肯定是不滿意的。但幸運的是，福克先生從來不在乎這種小事情。

他在英國待了五年，遇見福克先生之前，路路通先後在十戶人家做過管家，但他始終沒有找到一位合適的主人。那些主人不是脾氣古怪、難以相處，就是喜歡到處冒險、四海為家，這些都不盡如人意。

路路通年輕時曾經歷過一段東奔西走的流浪生涯，以致於現在的他迫切希望安定下來，好好休息一下。碰巧他聽說福克先生要找一位新僕人，他打聽了一下關於這位紳士的情況，知道他的生活十分規律，既不在外留宿過夜，也不出門旅行。替這樣的人做事，正是路路通夢寐以求的，因此他就毛遂自薦，最後也幸運地獲得了這份工作。

上任後的路路通先把整個住宅巡視了一遍，從地窖到閣樓，一個地方不漏。得到的印象是這幢房子整潔、樸素、舒適、方便。路路通覺得非常開心，換了這麼多東家，就屬這幢房子最合他的心意。

路路通毫不費力地就在三樓找到了自己的房間，空間不大但設施齊全。牆上裝著電鈴和傳話筒，可以跟地下室和二樓的各個房間聯繫。壁爐上面還有個電子掛鐘，它跟福克先生臥室裡的掛鐘對準了時間，分秒不差。

他在自己的房間裡看見一張注意事項列表，這是他每天工作的時刻表——從早上八點福克先生起床開始，一直到晚上十二點福克先生就寢——所有的工作細節：

八點二十三分送茶和烤麵包
九點三十六分送刮鬍子的熱水
九點四十分理髮……

　　所有該做的事，統統都寫在上面，交代得清清楚楚。路路通認真地把這張工作表看了一遍後，把所有的內容都牢牢地記在心上。

　　「太好了，我總算能稱心如意了！」路路通自言自語地道。他激動地搓著雙手，臉上洋溢著幸福的笑容，「福克先生和我一定非常合得來！他不愛走動，生活一板一眼，如同一臺機器一樣。伺候一臺機器，還有什麼可抱怨的呢？」

　　早上十一點半，福克先生照例走出薩佛街的住宅。他右腳移動了五百七十五步、左腳移動了五百七十六步之後，便抵達了革新俱樂部。這是一座位於市中心的高大建築物，外形宏偉，造價起碼在三百萬英鎊以上。

　　福克先生直接走進餐廳，坐在他一向坐慣的位子，桌上已整齊擺放了餐具。午餐很豐盛，有一碟小吃、一盤淋上上等辣醬油的烹魚塊、一盤配著青醋栗果的深紅色烤牛肉，另外還附上了一塊乾酪。享用餐點後，他還品嚐了幾杯俱樂部特調的好茶，午餐才算正式結束。

　　十二點四十七分，這位紳士從餐廳起身走向大廳，那裡的侍者立刻為他遞上一份《泰晤士報》。他一直閱覽這份報紙到三點四十五分，接著再閱覽剛送達的《標準報》，一直看到吃晚餐為止。晚餐的內容和午餐差不多，只是多了一道上等的英國蜜餞果品。

　　五點四十分，他又回到了大廳，專心地精讀手中的《每日晚報》。

　　半小時後，其他革新俱樂部的會員開始陸續聚集在大廳裡。這些人跟福克先生一樣都是「惠斯脫」牌迷，是福克玩紙牌的老搭檔——其中安得露・斯圖阿特是一名工程師、約翰・蘇里萬和撒姆耳・法郎丹是銀行家、多瑪斯・弗拉納崗是啤酒商、高傑・拉爾夫是英國國家銀行董事會董事。這些

人有錢有勢，在俱樂部的會員中，稱得上是金融和工商界的頂尖人物。

「我想請問一件事，拉爾夫先生，」多瑪斯‧弗拉納崗問道：「那件竊盜案究竟怎麼樣了？」

「我們警方肯定能逮住那名竊賊的，」高傑‧拉爾夫回答說：「倫敦警察廳已經在美洲和歐洲所有重要的港口安排了幾位機靈能幹的警探。依我看，那位梁上君子想要逃出警探們的手掌心，絕非易事。」

「那麼，你們已經有線索了嗎？」安得露‧斯圖阿特接著問。

「我先說明一下，那個人並不是賊。」高傑‧拉爾夫鄭重其事地說。

「什麼？偷了五萬五千鎊的鈔票還不算是賊？」

「不是。」高傑‧拉爾夫回答。

「難不成還是個企業家？」約翰‧蘇里萬嘲諷地問道。

「《每日晚報》上肯定他是一位紳士。」福克先生插嘴說。他從報紙裡探出頭來，朝大家點頭致意，而大家也向他回禮。

這群紳士們討論的事情正是近日震驚英國全境、引起民眾熱議的驚天竊盜案。事情發生在三天前，價值五萬五千英鎊的一大疊鈔票，被人從英國國家銀行總出納員的櫃檯上偷走了。

據銀行職員回憶，那天銀行照例擠滿了辦理各種業務的人，一位衣冠楚楚、文質彬彬的紳士出現在大廳，並在那裡逗留了很久。英國國家銀行向來非常信任公眾的品格，所以既沒有設置警衛，也沒有負責看門的人，就連出納櫃上也沒加裝鐵絲網。鈔票也隨意地堆在櫃檯上，任何顧客都可以接觸。令人驚奇的是，銀行開業以來沒有丟過一分錢。

　　但這份信任在這天被澈底打破了，有一捆鈔票竟然不翼而飛。這對於從未丟過一分錢的英國國家銀行而言，無疑是件驚天動地的大事。關於此人的外貌特徵已經即時發布給英國及歐洲大陸的所有警探，銀行也提出了巨額獎賞：誰能破案就能獲得兩千英鎊，再外加追回贓款的百分之五作為此次報酬。重賞之下必有勇夫，全英國最幹練的警員和密探都行動起來，駐紮在利物浦、格拉斯哥、哈佛、蘇伊士、布林迪西、紐約等世界各地的主要港口，盯著來往的旅客，尋找符合描述的嫌疑犯。

　　眾人聊著，一同前往牌桌坐了下來，福克先生也加入了牌局。他們一邊玩起「惠斯脫」，一邊繼續討論這件事。

　　「我認為這個賊不好抓，世界上能去的地方多著呢！畢竟現在的情況和以前大不相同了！」斯圖阿特說。

　　「算了吧！」拉爾夫不屑一顧，「世界一點也沒變。不要告訴我，現在的地球比以前小了？」拉爾夫為自己的冷笑話沾沾自喜。

　　「世界的確是變小了，」固執的斯圖阿特回辯道：「如今花上三個月的時間就能繞地球一周……」

　　「事實上，只要八十天。」福克先生簡短地說。

　　看到一向沉默的福克也站在自己這邊，斯圖阿特的嗓門馬上大了起來，「自從大印度半島鐵路的柔佐到阿拉哈巴德段通車以來，確實八十天就足夠了。你們看！今天的《每日晚報》上就刊登了一張時間表。」

自倫敦至蘇伊士中途經過塞尼山與布林迪西（火車、輪船）……………………………………七天
自蘇伊士至孟買（輪船）……………………十三天
自孟買至加爾各答（火車）…………………三天

自加爾各答至中國香港（輪船）⋯⋯⋯⋯⋯十三天
自香港至日本橫濱（輪船）⋯⋯⋯⋯⋯⋯⋯六天
自橫濱至舊金山（輪船）⋯⋯⋯⋯⋯⋯⋯二十二天
自舊金山至紐約（火車）⋯⋯⋯⋯⋯⋯⋯⋯七天
自紐約至倫敦（輪船、火車）⋯⋯⋯⋯⋯⋯九天
總計⋯⋯⋯⋯⋯⋯⋯⋯⋯⋯⋯⋯⋯⋯⋯⋯八十天

「當然，惡劣天氣、海船出事、火車出軌等等事故都不計算在內。」斯圖阿特補充道。

「這些全都算進去了。」福克先生一邊說，一邊繼續打牌。

這回爭論，就顧不得遵守玩「惠斯脫」必須保持安靜的規矩了。

「可是聽說印度的土著或者美洲的印第安人會把鐵軌撬掉，」拉爾夫嚷喊著，「他們還會攔截火車、搶劫行李，甚至把你捉走呢！這些也都算進去了？」

「不管會發生什麼事故，只要有八十天就夠了，」福克一邊回答，一邊把牌放到桌上，接著說：「兩張王牌。」

這回輪到斯圖阿特出牌，他一邊挑牌，一邊說：「福克先生，您在理論上是對的，可是實際做起來⋯⋯」

「實際做起來也只要八十天，斯圖阿特先生。」

福克先生自信滿滿的態度引起牌友們的不滿。拉爾夫首先嚷嚷道：「我敢拿四千英鎊打賭，要在八十天內環繞地球一周，是絕對不可能的。」

「正好相反，完全有可能。」福克回答說。

「不可能！你在吹牛！」牌友們異口同聲地反對。

「你們不信，我們可以打個賭！」福克先生平靜地繼續打牌，連頭都沒抬一下。

「我不信！福克先生，我跟您賭四千英鎊！」拉爾夫喊道。

「好！我在巴林銀行裡有兩萬英鎊的存款，我會全部拿出來做為賭注。我保證在八十天內繞地球一周，等同於花費一千九百二十個小時，也就是十一萬五千兩百分鐘繞地球一周，」福克轉向其他幾位牌友，「你們要不要加入這場賭局？」

斯圖阿特、法郎丹、蘇里萬、弗拉納崗幾人低聲地商量了幾句，然後齊聲喊道：「我們跟你賭了。」

「一言為定！今晚我將會搭乘八點四十五分班次的火車出發，」福克先生翻了翻自己隨身攜帶的袖珍日曆，「今天是十月二日星期三，那麼，我應該在十二月二十一日星期六晚上八點四十五分回到倫敦。我們就約在這個俱樂部大廳碰面，如果我未能如期歸來，我存在巴林銀行的兩萬英鎊，就歸你們所有。」

一張打賭的字據當場寫好，六位當事人即刻簽字。福克的態度仍舊非常冷靜，不知情的人根本看不出來，他剛剛拿出自己的一半財產，打了一個風險很大的賭。相反地，其他幾位紳士都流露出一種躊躇不定的神色，儘管他們贏的機會非常大，而且賭注相對小得多。

七點一到，牆上的掛鐘敲響了。

「今天就玩到這兒了。福克先生，您早點回家為旅行做準備吧！」斯圖阿特關切地說。

「我已經準備好了。」這位心平氣和的紳士一面發牌給檯面上的人，一面回答。「我出的是一張紅方塊，該您出牌了，斯圖阿特先生。」

七點二十五分，福克先生向牌友們道別，離開了革新俱樂部。七點五十分，他推開自家大門，回到屋裡。

此刻，路路通仍然陶醉在安定生活的幻想中。當他看見福克先生提前歸來，雖然感到有些奇怪，但絲毫沒有察覺到自己的美夢即將破碎。

　　福克先生首先平靜地回到自己的房間，然後呼喚，「路路通！」看到沒有回應，他又叫了一聲。

　　「現在還沒到晚上十二點，」路路通一面看著手裡重新調整過時間的錶，一面走進房間說，「您不應該在這個時間叫我。」

　　「我知道，」福克先生說，「我是要通知你，十分鐘之後，我們就要動身前往杜夫赫和加萊。」

　　路路通一頭霧水，以為自己聽錯了，「您是說，要出遠門嗎？」

　　「是的，我們要去環遊世界。」福克先生回答。

　　「啊！」路路通失聲叫道，眼睛瞪得圓圓的，眉毛也豎了起來，「環遊世界？您不是在開玩笑吧！」

　　「完全沒有。八十天，我們要環遊世界一周，」福克先生回答，「所以，我們現在一分鐘也不能耽擱了，要即刻出發。」

　　「可是，我什麼都還沒準備呢！」路路通一臉疑惑，他拚命地搖頭，仍然不敢相信這個事實。

　　「不用準備太多東西，一個旅行袋裝上兩件羊毛衫和三雙襪子，再帶上雨衣和旅行毯就夠了。路上我會替你買一套裝備，你記得帶一雙耐穿的鞋子，雖然我們步行的時間其實很少，也許根本不用步行。好了，去吧！」

　　路路通茫然地回到自己房間，一屁股坐在椅子上。他一邊機械式地做著行前準備，一邊喃喃自語：「八十天繞地球一圈！福克先生是不是瘋了！我大概是在做夢吧，明天就好了……」

　　八點鐘，路路通已經收拾好旅行袋，而福克先生也準備好了。福克帶了一本《大陸火車輪船運輸總指南》，裡面有旅行中所需要的一切指示和說明。他打開路路通手中的旅行袋，然後塞進一大疊花花綠綠的鈔票，這些鈔票在世界各地都通用。

　　「小心拿著！」福克先生把旅行袋還給路路通，「裡面可是有兩萬英鎊呢。」

　　這句話嚇得路路通差點沒把旅行袋掉在地上，他一生還沒見過這麼多錢呢！路路通把袋子緊緊地貼在胸口，猶如抱著自己的傳家之寶一樣。

　　他們主僕二人鎖好門後，還特意在上面加了兩道鎖才離開。他們坐上一輛馬車，飛也似的朝查令十字火車站駛去。

　　八點二十分，馬車在車站的鐵柵欄前停下。路路通先跳下來，接著他的主人也下了車，付了車資。

　　這時，一名可憐的女乞丐，手上抱著孩子，赤裸的腳上滿是汙泥，頭戴一頂破舊不堪的帽子，襤褸的衣衫上，披著一條破爛的披肩。她走近福克先生，請求他的施捨。

　　福克從口袋裡掏出打牌贏來的那二十個幾尼，把它們全都給了這名女乞丐，「拿去吧，善良的女士！」他說，「很高興遇見您。」

　　福克先生給完錢就走了。此時的路路通，頓時覺得自己眼眶似乎湧出了淚水，主人的作為使路路通在心裡對他更加敬重。

　　福克和路路通走進車站大廳，革新俱樂部的五位牌友已提前在此等候。福克先生吩咐路路通去買兩張到巴黎的頭等艙車票，然後轉身向他的牌友們道別。

　　「各位先生，我要啟程了，等我回來時，你們可以根據我護照上的各地簽證，來核對我這次的旅行路線。」

「不用核對，福克先生，」高傑・拉爾夫回答說：「我們相信您是一位講信用的君子。」

「有證明總比沒證明好。」福克先生道。

「您沒有忘記必須什麼時候回來吧？」斯圖阿特提醒他說。

「八十天以內，」福克回答：「也就是一八七二年十二月二十一日，星期六，晚上八點四十五分。再見了，各位先生。」

八點四十五分汽笛一響，火車便開了。福克先生安然地坐在座位上看報，路路通則還有點茫然，他呆若木雞，雙手機械式地緊抱著那個裝鈔票的旅行袋。

當列車出發兩小時後，路路通絕望地大叫了一聲：「糟糕！」

「你怎麼了？」福克先生頭也不抬地問道。

「因為、因為……在忙亂中……我忘、忘了……」路路通結結巴巴地說。

「忘了什麼？」

「忘了關我房間的暖氣了。」

「哦，」福克先生淡定地說：「那這八十天的暖氣費你自己付。」

第二章　蘇伊士的追緝令

　　福克先生環球旅行的消息在第二天就傳開了。由於福克先生的知名度和該賭約太過離奇，因此，他這次的旅行轟動了全國。接下來的一個星期裡，英國各大報紙爭相報導，全倫敦乃至全英國的市民都在討論、爭辯和琢磨這個「環遊世界」的各種問題。

　　有的人擁護福克，認為像他這樣的智者，一定是經過深思熟慮才敢定下這個賭約；但更多人反對他，認為以當今的交通工具要在八十天內環遊世界根本是天方夜譚，他們覺得福克先生一定是精神錯亂了。跟他打賭的那些會員，也受到人們的責難，大家認為想出這種賭約的人頭腦也有問題。

　　如果此刻福克還有支持者的話，那麼七天後發生的一件事，就足以讓他的擁護者全跑光了。下面是一份從蘇伊士發給倫敦的電報：

　　致蘇格蘭廣場警察總局局長羅萬先生：
　　我盯住銀行竊賊斐利亞・福克了。請速寄拘票至英屬印度孟買。

　　　　　　　　　　　　　　　　　　　　警探費克斯

　　人們在譴責福克的同時，也對發來電報的警探費克斯充滿了敬意。下面有必要好好講述一下費克斯是如何判定福克就是銀行大盜的──

　　十月九日，星期三，蘇伊士碼頭。天氣晴朗，但刮著凜冽的寒風。淡淡的陽光照耀著清真寺的尖塔，港口停泊著各式各樣的商船和漁船。碼頭熱鬧非凡，不同國籍的水手、商人、搬運工紛紛湧進，大家都在等待上午十一點到達蘇伊士

的商船「蒙古號」。這艘大型商船每次靠岸都會帶來不少的生意。

但人群中有兩個人顯然不是為了做生意才來到碼頭，其中一位是英國駐蘇伊士的領事，另外一位就是警探費克斯先生了。

費克斯矮小瘦弱，眉毛總皺在一起，給人其貌不揚的感覺，但他的眼神犀利，透露出警探的敏銳和機智。此刻，他不停地走來走去，看來心情很焦躁。英國國家銀行竊盜案發生之後，他就被分派到蘇伊士港口，負責監視所有經過蘇伊士的旅客。如果發現形跡可疑的人，他就一面跟蹤他，一面等候拘票。

就在兩天前，費克斯收到一份來自倫敦警察局局長的資料，上面描述了竊賊的外貌特徵，還提到小偷極有可能是一位衣冠楚楚的高貴紳士。

費克斯顯然是抓賊心切，他不停地四處張望，還反覆問同一個問題：「領事先生，這艘商船會不會誤點呀？」

「不會的，費克斯先生。」領事回答說：「蒙古號向來都是提前抵達。根據昨天的消息，船隻已經到了塞得港的外海，一百六十公里長的運河對這樣一艘快船來說，並不算什麼。您就再耐心稍等一會兒吧！但讓我擔心的是，即使您要抓的人是在蒙古號上，單憑您手上的那一點資料，就能把他認出來？」

「領事先生，」費克斯說：「抓賊靠的不是認人，而是感覺，也就是我們這一行特有的敏銳鑑識力。鑑識力是一種綜合聽覺、視覺和嗅覺的特殊能力。像這樣的紳士，我一生中逮過的不止一個了。我敢說，只要這個賊在這艘船上，他就逃不出我的手掌心。」

「如果真是這樣，那您就立大功了！」

「可不是嗎？五萬五千英鎊，這麼大的案件可是非比尋常呀！」一想到破案後能獲得高額獎金，費克斯整個人就飄飄然了，恨不得馬上就把竊賊緝拿歸案。

「可是，」領事還是心存疑慮，「照您收到的那份有關竊賊相貌特徵的資料上來看，他完全像一位正人君子，而不是那些長得獐頭鼠目的普通小偷呀！」

「領事先生，」費克斯滿懷信心地說：「凡是大賊，看起來都像正人君子。不然，一下子就被逮住了。我們的任務就是要撕下這些偽君子的假面具。我承認，這有些難度，需要多年的磨練才能達到這等功力。從事我們這一行甚至已經不能說是一種職業，而應該說是一種藝術。」顯然，這個費克斯是個自命不凡的人。

費克斯由於職業上的習慣，一面在人群裡走著，一面打量來往的行人。這時已經十點半了。

「這艘船不會來了！」聽見港口響起十點半的鐘聲，費克斯嚷嚷道。

「船離這裡不遠了。」領事回答。

「這艘船在蘇伊士大約會停留多久？」費克斯詢問道。

「停四個小時加煤。從蘇伊士到紅海的出口亞丁港，距離有一千三百一十海里，所以必須在這裡補足燃料。」

「這艘船從蘇伊士直接開往孟買嗎？」

「是的，中途不載客，也不再裝貨。」

「那麼，」費克斯說，「假如這個賊是從這條路來，並且真的搭了這艘船的話，那他一定是打算在蘇伊士下船，然後再去亞洲的荷蘭殖民地或是法國殖民地。因為他一定明白印度是英國的屬地，待在印度並不安全。」

「除非他是個很精明的賊。您也知道，一個罪犯躲在英國，總比跑到國外去要好得多。」

領事說完話後，就回到離碼頭不遠的領事館。現在，僅剩費克斯獨自一人留在碼頭，繼續煩躁不安地等待著。他有一種奇怪的預感，這個賊就在蒙古號上。在他看來，假如這個壞蛋想逃離英國去美洲的話，那麼從印度走是一條理想的路線，因為這條路線上警探的監視要比其他路線鬆得多，再說，即使要監視也非常困難。

　　十一點整，蒙古號噗噗地冒著蒸汽，在煙霧彌漫的港灣裡下了錨。費克斯仔細打量每一位上岸的旅客，只見一個身材魁梧的男士使勁擠出人群，走到費克斯的面前，禮貌地向他詢問英國領事館的地址。

　　「我想辦理簽證手續。」男士揚了揚手中的護照。

　　費克斯瞥了一眼護照上內容後，興奮得全身發抖。原來護照上關於執照人的一切資料，都跟他從警察局局長那裡收到的資料完全一致。

　　「這本護照不是您的吧？」費克斯問。

　　「是我家主人的，他就在船上。」

　　「領事館在那邊的廣場，」警探指著約兩百步遠的那棟房子說，「不過，簽證手續一定要本人親自辦理才行。」

　　「是嗎？那我只能回去請主人跑一趟了，雖然他是最怕麻煩的人。」說完這句話，男士朝費克斯點點頭就回船上去了。

　　費克斯掩飾不住內心的喜悅，立刻飛奔到領事館，也不等通報，便直接跑進領事的辦公室。

　　「領事先生，」費克斯氣喘吁吁地說：「果然不出我所料，這個竊賊就在蒙古號上。」費克斯把剛才遇見一位僕人以及那本護照的事情說了一遍。

　　「聽您這麼一說，我倒是很想見見這名竊賊。不過，如果他真的是小偷，為什麼還要跑到我這裡來呢？畢竟在護照

上簽證，已經不是必要的手續了。」

「有些厲害的小偷就是愛招搖。」費克斯一副非常瞭解內情的模樣，「他來的時候，我希望您別給他簽證。」

「為什麼？」領事問：「如果護照沒問題，我是無權拒發簽證的。」

「可是，領事先生，我必須把這個人留在這裡，等倫敦的拘票一到，就可以逮捕他了。」

「抓人是你的責任，」領事攤開手表示愛莫能助，「但我不能違反規定。」

領事的話音剛落，下屬就帶來兩位客人，而他們正是剛才與費克斯談話的那位僕人以及他的主人。只見主人拿出護照，請領事簽證。

領事接過護照，仔細檢閱上面的資料，問道：「您是斐利亞‧福克先生嗎？」

「是的，領事先生。」紳士回答。

「這位是您的僕人？」

「是的，他是法國人，名叫路路通。」

「您要去⋯⋯？」

「孟買。」

這些對話被坐在角落的費克斯一字不漏地聽到了，他快速地在記事本上寫下對話的內容。

「先生，如今出國不需要簽證，也不會要求檢查您的護照了。」領事親切地說明。

「我知道，領事先生，」福克回答：「但我需要用您的簽證，證明我曾經來過蘇伊士。」

「好吧，先生。」領事在護照上簽字，寫上日期，並且蓋了印。福克付了簽證費，向領事簡單道別後，就帶著僕人離開了。

「我百分之百斷定，小偷就是他！」等他們一離開，費克斯就迫不及待地對領事先生說。

「但是拘票未到，您不能逮捕他們呀！」領事先生惋惜地回應道。

「沒錯，不過我馬上發了一封電報到倫敦，要求當局立即發拘票，並寄到孟買。而且我也要搭上蒙古號，跟著這個竊賊到印度去。等他一到那塊英國的屬地，我便可以拿出拘票，當場逮捕他。」費克斯說，「另外，從現在起，我要接近他的僕人，希望能從他口中套出更多有用的資訊。依我所看，這個僕人不會像他的主人那樣守口如瓶，再說，他又是個法國人，法國人個性直率，是藏不住話的。再見，領事先生，祝我好運吧！」費克斯快步走出領事館。一刻鐘後，他便提著簡單的行李上了蒙古號。

對於這些插曲，福克先生一無所知，他仍舊按照計畫行事。他向路路通交代了幾件該辦的事情之後，就自己先回蒙古號了。他坐在船艙裡，取出記事本，記了下面幾行字：

十月二日，星期三，晚上八點四十五分，離開倫敦。

十月三日，星期四，上午七點二十分，抵達巴黎；上午八點四十分離開。

十月四日，星期五，上午六點三十五分，途經塞尼山到達杜林；上午七點二十分離開。

十月五日，星期六，下午四點，抵達布林迪西；下午五點，搭上蒙古號。

十月九日，星期三，上午十一點，抵達蘇伊士。

總共費時：一百五十八小時三十分，即六天半。

福克先生把這些日期記在一本分欄的旅行日記上。本子

上註明從十月二日起到十二月二十一日止，預計到達的每一處重要地點的日期以及實際到達的時間。

重要的地點有巴黎、布林迪西、蘇伊士、孟買、加爾各答、新加坡、香港、橫濱、舊金山、紐約、利物浦、倫敦。只要每到一處，查對一下旅行日記，就能算出早到或遲到多少時間。「十月九日，星期三，如期抵達蘇伊士。」福克先生在記事本上簡明地寫道。

如果您想看到新事物，旅行真的很有用。

It's really useful to travel, if you want to see new things.

儒勒 · 凡爾納
Jules Gabriel Verne

第三章　拯救印度佳麗

　　蘇伊士距離亞丁港正好是一千三百一十海里，根據半島輪船公司運轉規章：該公司的船隻要在短短的一百三十八小時內走完這段路程。蒙古號加足馬力迅速前進，看樣子可以提前到達目的地。

　　對於在蒙古號上的生活，福克先生和路路通都適應得非常良好。除了偶爾遭遇狂風暴雨，蒙古號有些顛簸外，大部分航程非常順利。福克先生即使擔心可能發生意外事故，打亂他的環遊世界計畫，也絕不會在臉上顯露出來。他永遠是那樣一派從容。

　　蒙古號上的乘客，都是類似福克先生的有錢人，包括英國軍隊的將領、汲汲營營的商人和出國散心的貴婦們，因此船上的生活水準都是一流的。不論是上午的早餐、下午兩點的中餐、五點半的茶點或八點鐘的晚餐，餐桌上都擺滿了新鮮的烤肉和其他精美的小菜。每當海上風平浪靜的時候，船上還有樂隊演奏，人們可以聆聽優美的樂曲，或是隨著舞曲翩翩起舞。

　　福克先生還找到了新的牌友，一位是果亞新上任的收稅官，一位是回孟買的傳教士，另一位則是英國駐印度軍隊的旅長。這三位旅客對「惠斯脫」著迷程度可不亞於福克，四個人一天到晚聚在一起玩牌。

　　路路通也不寂寞。他住在蒙古號的頭等艙房裡，吃著美味的食物，欣賞沿途的美景。對於這樣的旅行，他沒什麼不滿意，甚至打定主意，要吃得痛快、睡得舒服。此外，他也認識了新朋友。

　　十月十日，從蘇伊士出發後的第二天，路路通在甲板上遇見了在碼頭有過一面之緣的費克斯。

「我沒認錯人吧，先生，」路路通笑得咧開了嘴，「就是您在碼頭給我指路的吧？那時候真謝謝您！」

「我也認出來了，您是那位古怪英國紳士的管家。」費克斯暗自竊喜，對自己佯裝與路路通偶遇的演技感到十分滿意。

「沒錯，請問先生您貴姓……」

「我姓費克斯。」

「費克斯先生，真高興又遇見您。」路路通說：「請問您要去哪裡？」

「跟您一樣去孟買。」

「太好了！您以前去過孟買嗎？」

「去過幾次，」費克斯回答：「我是東方半島輪船公司的代理人。」

「您對印度一定很熟悉吧？印度是個有趣的地方嗎？」

「非常有趣！那個國家有著莊嚴且有著高尖頂塔的清真寺、宏偉的廟宇、托缽的苦行僧，還有寶塔、花斑老虎、黑皮毒蛇，以及能歌善舞的印度姑娘！我真希望您能在印度好好遊覽一番。」

「如果有時間的話，我又何嘗不想呢！只可惜我的主人打算用八十天環遊世界，所以行程安排得非常緊湊！」路路通滿臉惋惜地說。

「福克先生最近身體好嗎？」費克斯假裝隨意地問了一句。

「他很好，費克斯先生。我也還不錯，而且因為受了海上氣候的影響，我現在吃起飯來活像個餓鬼似的。」

「話說，您的主人呢？我都沒見過他到甲板上來？」

「他從來都不到甲板上，畢竟他不是一個很有好奇心的

人。」

「那路路通先生，您知不知道，這個所謂的八十天環遊世界的計畫，是否暗地裡負有另外的祕密使命……譬如說外交使命！」

「相信我，費克斯先生，我可以很坦白地告訴你，我真的什麼都不知道。基本上，我是完全不會花半毛錢去瞭解這種事的！」

自從這次不期而遇之後，路路通和費克斯就常常聚在一起聊天。這位警探想盡辦法接近路路通，不時請他到酒吧間喝幾杯威士忌或白啤酒，然後再旁敲側擊地打聽有關福克先生的一切事情。

路路通十分信任這位新朋友，他認定費克斯是個很正派的人，所以對於他的問題基本上是有問必答，但無奈路路通對他的主人也不太了解。

蒙古號的航行速度確實飛快。十月二十日，星期日，中午時分，印度的海岸線已經映入眼簾。碧藍的天空掩映著遠處的群山，一排排棕櫚樹生氣勃勃地伸向天空。蒙古號慢慢駛入了港灣，在下午四點半，抵達孟買碼頭。

本來按照航程，蒙古號應該在十月二十二日才能抵達孟買，但它在二十日就到了。將時間算起來，福克先生賺到兩天的時間。路路通高興得手舞足蹈，但福克先生依然行若無事，只把這段多出的時間寫在旅行日記的剩餘時間欄裡。

印度國土面積三百六十三萬平方公里，形狀如同一個倒放的大三角形。雖然當時印度是英國的殖民地之一，但實際歸英國治理的部分只有一百八十一萬平方公里，其餘的地區則不在英國女皇的管轄範圍內。實際上，那些地方仍歸印度當地的王公所管治，他們強勢兇猛，令英國政府也要對其忌憚幾分。

從前在印度旅行只能依靠古老的方式，例如：步行、騎象、坐雙輪車或獨輪車及坐馬車等。如今恆河與印度河，有快速輪船航行；英國政府又修建一條貫穿全境的大鐵路，以孟買為起點，鐵路穿越印度境內的高山、平原和河流，只需三天，就能抵達終點站加爾各答。

蒙古號的旅客在孟買下船的時間是下午四點半，開往加爾各答的火車八點整才發車，福克先生正好利用這段時間去領事館辦理簽證。此外，他也讓路路通去添購一些東西，並一再叮囑他務必要在八點以前回到車站。

雖然孟買風光秀麗、景色新奇，但福克先生本人對此毫無興趣。辦完簽證後的福克先生走出領事館，不慌不忙地走回車站。他打算在車站裡吃晚飯，而餐廳老闆特別向他推薦了當地特產——炒兔子肉，還說這道菜餚的味道極佳。

福克先生接受了他的推薦，點了一盤兔子肉，仔細品嚐一番。然而，即便兔肉裡已經加了各種佐料，福克先生仍舊覺得這道菜有股令人作嘔的怪味，於是他把餐廳老闆叫來。

「老闆，您確定這真的是兔子肉？」他望著餐廳老闆問道。

「當然，先生。」老闆厚著臉皮回答：「而且這還是野生的兔子。」

「你們宰兔子的時候，是不是有聽見牠在喵喵叫？」

「喵喵叫？噢！我的客人，這是兔子肉呀！我敢對您發誓……」

「發誓？不必了，老闆。」福克先生冷冷地說，「您只須記住一點：在印度，貓曾經被認為是神聖的動物，那個年代可真是牠們的黃金時代。」

「貓的黃金時代？」

「也能說是旅客的黃金時代。」福克先生說完話後，就

繼續安靜地吃晚餐。

　　就在福克先生下船不久後，警探費克斯也下了船。他一下船就跑去找孟買的警察局局長，並向他說明自己的身分以及此行的任務。

　　「局長先生，請問您有沒有收到倫敦寄來的拘票？」費克斯問道。

　　「沒有，」局長回答，「如果是前不久才發出的，不會這麼快就到孟買。」

　　「那怎麼辦？」費克斯搔了搔頭，「局長先生，還是請您替我開一張逮捕福克的拘票吧！」

　　「不行！」局長斷然拒絕，「這不在我的職權範疇，而且只有倫敦的警察廳才有權簽發拘票。」

　　無可奈何的費克斯，只能悻悻地離開警察局。但他很快便振作起來，因為他決定一邊繼續跟蹤嫌犯，一邊耐心等待拘票寄來，只要一拿到拘票，就立刻逮捕他。

　　另一方面，路路通正在孟買的商店購買襯衣和襪子。在經歷了這段海上航行後，路路通漸漸接受主人真的要進行環球旅行的事實了。

　　「也許我命中註定不能過安穩的生活！」路路通安慰自己，「那我就要利用這段時間，好好地欣賞各地風景。」

　　路路通在大街上恣意閒逛。孟買城風景新奇又美麗，有宏偉的市政廳、漂亮的圖書館、古老的城堡以及壯麗的清真寺。大街上萬頭攢動，有戴禮帽的歐洲人、戴尖帽子的波斯人、用布帶纏頭的本雅斯人、戴方帽子的信德人、穿長袍的亞美尼亞人以及戴黑色高帽的帕西人。這一切都深深吸引路路通，他睜大雙眼，瀏覽著這些新事物。

　　在返回車站的途中，路路通看見了一座美麗的寺院，於是他心血來潮，想進去參觀一下。殊不知，他卻因此闖下大

禍，給自己和福克先生惹了不小的麻煩。

路路通不知道，印度有一些不能破壞的禁忌：第一，某些印度神廟明文禁止基督徒入內；第二，即便是信徒進到廟裡，也必須先把鞋子脫在門外。雖然印度歸英國管轄，但為安撫當地民眾，英國政府十分尊重且保護這些宗教習俗，任何違反規定的人都會受到嚴厲的懲罰。

毫不知情的路路通大搖大擺地走進寺院。當他正認真欣賞著光彩絢麗的印度教壁畫時，突然被人推倒在神殿的石板地上。三個怒氣沖沖的僧侶強行按住他，扒下他的鞋襪，揍了他幾拳，嘴裡還惡狠狠地咆哮著。

在外闖蕩多年的路路通也不是省油的燈。他使出巧勁翻過身，左一拳，右一腳，輕鬆打倒兩名僧侶。趁對方被打倒在地的時候，他拔腿就跑，三步併兩步衝出廟門。他一路飛奔，很快就把那些僧侶們撇在後面。

「真倒楣！碰到了一群瘋子！」路路通看著自己光溜溜的腳丫，長嘆了一聲。更糟糕的是，在打鬥中，他把先前買的那包東西弄丟了。但現在離八點只剩五分鐘，眼看火車就要開走，路路通只能光著腳、兩手空空地趕回火車站。

在月臺上，路路通簡單地向主人敘述了自己的遭遇。福克先生沒有動怒，只簡單地說了一句希望他以後別再遇上這種事情，便轉身上車了。

路路通狼狽不堪地跟著主人上了車。不遠處，另一個人卻偷偷下了車。警探費克斯一直尾隨福克先生，本打算跟他一起去孟買，但在偷聽到路路通和福克先生的對話後，突然靈光一閃，馬上改變主意，決定不走了！

「我得留下！既然他在印度境內犯了罪，我就能名正言順地抓人了。」費克斯自言自語地說。

隨著一聲響亮的汽笛聲，開往加爾各答的火車在深沉的

夜色中出發了。

　　火車在印度境內馳騁，帶來千變萬化的美麗景色：青翠的高山、生長著麥穀和玉米的田野、棲居著淺綠色鱷魚的河川和池沼、整整齊齊的村莊、四季常青的森林，以及在河裡洗澡的大象和駱駝。夜晚降臨的時候，還能聽見虎、熊、狼等野獸所發出的一片嘶吼聲。

　　十月二十二日，早上八點，火車在距離洛莎爾還有十五英里時，突然在樹林中的一塊空地上停了下來。

　　「旅客們，我們要在這裡下車了！」列車長沿著各個車廂叫道。由於火車忽然停在距離加爾各答還很遙遠的荒郊野外，所以連一向鎮定的福克先生也覺得有些莫名其妙，他派路路通去向列車長打聽是怎麼回事。

　　過了一會兒路路通回來了，他有氣無力地向福克先生匯報：「先生，鐵路到盡頭了。」

　　原來，報章上報導印度已經鐵路全線大貫通的消息是錯誤的。實際上，該工程還沒有完工，中間仍有一段八十多公里的鐵路還沒修建好。因此，即使火車票上標註的路程是從孟買到加爾各答，但其實這段距離得由旅客們自行前往。

　　路路通勃然大怒，恨不得把列車長痛打一頓，但福克先生面臨這樣的情況仍沉著地說：「旅途中總會發生意外。沒關係，反正無論如何都不會破壞我的計畫，因為我還有多出兩天的時間可以彌補。二十五日中午，加爾各答有一艘開往香港的輪船，現在才二十二日，我們可以按時抵達加爾各答的。」

　　福克先生、路路通及福克沿途認識的一位牌友——法蘭西斯·柯羅馬蒂先生——一起下了車。火車停靠的地方十分偏僻，周圍小鎮人煙稀少，物資缺乏，因此鎮上各類的代步工具，包括四輪大車、牛拉車、轎子或小馬等，在瞬間全變

成了搶手貨，不到幾分鐘就被列車上的旅客搶購一空了。

　　福克一行人較晚下車，他和柯羅馬蒂找遍了全鎮，也沒找到一件像樣的代步工具。

　　幸運的是，就在眾人一籌莫展的時候，路路通卻有了新發現，「先生，我已經找到代步工具了。」

　　「什麼樣的交通工具？」

　　「一隻大象！離這裡約有百步遠的地方，住著一個印度人，他有一頭大象。」

　　「走，我們去看看。」福克先生說。

　　五分鐘後，福克、柯羅馬蒂和路路通便看到一所小土屋旁的柵欄裡，確實有一頭大象。這對福克先生來說，簡直太幸運了！在找不到其他交通工具的情況下，福克決心要租下這頭大象作為代步工具。

　　但接下來與象主的討價還價，讓福克先生費了好大一番功夫。因為大象在印度是非常珍貴的動物，主人們都特別寶貝。當福克問印度人是否肯把大象出租時，對方一口就拒絕了，無論福克先生如何加價，對方就是把頭搖得像波浪鼓一樣。

　　福克先生不氣餒，他向印度人提出要買下這頭大象的請求，並開出一千英鎊的高價。但狡猾的大象主人似乎看準這宗買賣絕對能大賺一筆，堅決不肯答應。於是，福克先生便不斷往上加價，從一千一百英鎊、一千五百英鎊、一千八百英鎊，到最後竟加到了兩千英鎊。

　　貪婪的主人最終還是敵不過金錢攻勢，以兩千英鎊的價格成交了。

　　當福克先生從旅行袋裡拿出一大疊鈔票支付給大象主人時，路路通忿忿不平地嘀咕道：「根本就是衝著我們無法長途跋涉，他的大象才敢賣那麼高的價格。」

買賣成交後，就差一名嚮導了。於是，福克先生又以高價僱用了一位經驗豐富的帕西人作為他的嚮導。

嚮導在大象的背脊鋪上鞍墊，在象身兩側掛上兩個坐起來並不太舒服的鞍椅。他安排柯羅馬蒂坐在大象一邊的鞍椅上，福克先生坐在另一邊，路路通坐在高高的象脊背上，他自己則趴在大象脖子上。九點鐘，大象啟程離開村莊，從一條最近的路線進入了茂密的棕櫚樹林。

別看大象身體笨重，走起路來速度飛快呢！只是苦了坐在大象身上的旅客們。一路上，柯羅馬蒂先生臉色發白，全身的骨頭像要散了一樣，只能強忍不適地蜷縮在椅子上，而福克先生卻仍輕鬆自如，仿佛是坐在自家椅子上一樣，讓柯羅馬蒂看著他感嘆道：「真是鐵打的硬漢。」

「不是鐵打的，是鋼鑄的！」路路通一邊接話，一邊吃力地趴在象背上。路路通坐的位置最高，所以顛簸得也最厲害。他一會兒被拋到象脖子上，一會兒被拋到象屁股上，忽前忽後，就像在玩翹翹板一樣。但路路通善於苦中作樂，他在路途中仍嘻嘻哈哈地開著玩笑，有時還從袋子裡掏出糖塊給大象吃。

經歷一天艱苦跋涉，目的地近在眼前了。就在大家認為這段旅程即將安然落幕時，大象突然表現出不安的樣子，裹足不前。

此時是下午四點鐘。

「怎麼啦？」柯羅馬蒂從鞍椅裡探出頭來問道。

「我也不清楚，先生。」嚮導一面回答，一面傾聽從茂密的樹林中傳來的一陣混亂、嘈雜的聲音。

又過了一會兒，聲音越來越大，聽起來像是人群的呼喊聲混合著銅樂器的敲打聲。路路通豎起耳朵，柯羅馬蒂感到緊張不已，福克先生還是耐心靜坐，一語不發，嚮導則從大

象上跳下，鑽進茂密的灌木叢裡。

　　幾分鐘後，他跑回來匆忙說：「婆羅門僧侶的遊行隊伍朝我們這裡走來了，快！快點躲起來，別讓他們看見。」

　　嚮導把大象牽到大樹背後，大家紛紛找地方躲起來。沒多久，一列打扮怪異的遊行隊伍從距離他們藏身之處十米左右的小徑經過。

　　走在最前面是一些頭戴尖高帽、身穿花袈裟的僧侶，前後簇擁著許多男人、婦女和小孩。他們高唱著輓歌，歌聲和鑼鈸的敲擊聲交織在一起。接著是幾位婆羅門僧侶，他們穿著豪華的東方式僧袍，正攙扶著一個步伐蹣跚的印度女人往前走。

　　這個女人看起來非常年輕，肌膚雪白，體態婀娜，渾身上下戴滿了珠寶首飾，顯得雍容華貴。在她身後，尾隨著很多衛兵。相形之下，這些士兵顯得殺氣騰騰。他們腰上掛著脫鞘的軍刀，肩上背著鑲金的長柄手槍，雙手抬著一頂雙人轎，轎上躺著一具死屍。這是一個印度王公的屍首，他和生前一樣穿著王公的華服，頭上纏著綴有珍珠的頭巾，腰間繫著鑲滿寶石的細羊毛腰帶，此外，還佩戴著印度王公專用的華麗武器。

　　隊伍後方是樂隊和一群狂熱的信徒，他們的叫喊聲，有時甚至蓋過了震耳欲聾的樂器聲。整個遊行隊伍緩緩地向前移動，最後消失在叢林深處。

　　「這是怎麼回事？」待遊行隊伍經過後，福克先生疑惑地詢問。

　　「是寡婦殉葬，」柯羅馬蒂先生低聲回答：「殉葬就是用活人作為祭品，而我們剛才看見的那個女人，估計明天天一亮就會被燒死。」

　　「這也太野蠻了！」路路通憤怒地大叫。

「那死屍是誰？」福克問。

「他是那女人的丈夫，是班德肯的一位獨立王公。」嚮導回答。

「印度到現在還保留這種野蠻的習俗，難道英國當局都不管嗎？」福克先生口氣平穩地問道。

「在印度大部分地區已經廢除寡婦殉葬的習俗了，」柯羅馬蒂回答：「可是，在這深山老林裡，尤其是在班德肯的領地上，我們是管不了的。不過，這種活祭通常是殉葬者心甘情願的。」

柯羅馬蒂講這段話的時候，嚮導聽得連連搖頭，等他講完，嚮導便說：「她可不是心甘情願的，這件事整個班德肯的人都知道。」

「這可憐的女人！她可是要被活活燒死啊！」路路通咕噥著說，「可是為什麼那個女人都不反抗呀？」

「因為她被大麻和鴉片熏昏了！」嚮導回答說，「她晚上會被關在離這裡不遠的庇拉吉廟裡，等明天天一亮，就會舉行儀式把她燒死。」

柯羅馬蒂和嚮導惋惜地嘆了一聲，路路通則不斷咒罵那群野蠻人，這時，福克先生突然說：「不如我們去把這個女人救出來吧！」

「什麼？」眾人齊聲大叫。

「我的旅程已提前十二個小時，所以有足夠的時間可以救她。」

「噢！您還真是好心呀！」柯羅馬蒂說。

實際上，這個救人的行動十分冒險，一旦失敗有可能被捕，甚至是遭受可怕的懲處。但是福克先生態度堅定，決定要拚死一搏。他的勇氣感染了其他人，大家都願意陪他赴湯蹈火。

他們打算等天黑後再行動，在這段時間裡，嚮導詳細介紹了這個女人的身世背景：她叫艾娥達，出身於孟買的富商家庭，是個頗有聲望的印度美女。

她在孟買受過道地的英式教育，能說一口流利英語，舉止風度堪比歐洲人。出於家族原因，被迫嫁給那老王公，婚後才三個月，就成了寡婦。她得知按照習俗自己會被要求為丈夫殉葬後，就逃跑了，但不幸又被捉了回來。

嚮導這番話，使福克一行人更加堅定救人的決心。

一個半小時後，大家到了庇拉吉廟附近。他們聽見廟裡人聲嘈雜，還看見門口有衛兵把守，因此根本沒有下手的機會。福克先生和同伴們一邊商議著解救女子的方法，一邊眼巴巴地等著。當黑夜降臨，情況依舊沒有改變，他們又繼續等待到第二天凌晨，卻始終沒有合適的時機。

旭日東昇，曙光初現，舉行火葬的時間到了。人群又再度喧鬧起來，鑼聲、歌聲、吶喊聲甚囂塵上，那名準備殉葬的寡婦被兩個僧侶從寺廟拖出來，昏昏沉沉地被拖著越過一群唸經的苦行僧，最後來到火葬壇上，然後被安置在她丈夫的身邊。緊接著有人伸出火把，那堆被油浸濕的木柴立即燃起熊熊烈火。

再不動手就來不及了！就在福克先生掏出隨身攜帶的匕首，準備奮不顧身地衝上祭壇時，一個戲劇性的畫面出現在眼前。

火葬壇上的老王公突然站了起來，並用雙手抱起那名年輕的寡婦，走下祭壇。在煙霧繚繞的火光中，他看起來就像一個妖怪！

僧侶們、衛兵們和信徒們都被眼前這一幕嚇壞，全部立刻跪伏在地，連連磕頭，誰也不敢抬頭去看這個妖怪。

復活的老王公一直走到福克和柯羅馬蒂身邊，然後耳語

道：「快跑！」

是路路通！他在濃密的煙霧中偷偷地爬上火葬壇，並假扮成復活的老王公，製造了一陣恐慌，藉此機會將年輕女子從死亡邊緣救了回來。

一瞬間，他們四人已經奔進樹林，迅速跳上坐騎。待大家坐穩後，嚮導吹了聲口哨，驅使大象向前狂奔。但他們的把戲很快就被揭穿，僧侶們發現火葬壇上老王公的屍體，明白有人把寡婦劫走了，便立刻衝進樹林裡，一邊追趕，一邊不停地開槍。幸好福克等人跑得很快，沒多久便逃離子彈和弓箭的射程範圍。

這個膽大包天的救人計畫最後以勝利告終，最大的功臣當然是路路通了。

柯羅馬蒂握著路路通的手表示祝賀，福克先生則簡潔地說了個「好」字。對於一個沉默寡言的紳士來說，這已經是最大的誇讚了。路路通也為自己的急中生智洋洋得意，忍不住哈哈大笑。至於那位年輕的印度女子，全然不知自己獲救的經過，仍舊不省人事地躺在鞍椅上。

在嚮導的熟練指揮下，大象在森林中飛快奔馳。接近十點鐘的時候，嚮導宣布他們已順利抵達阿拉哈巴德，只要在阿拉哈巴德搭上火車，不到一天一夜便能到達加爾各答。這個消息讓大家都雀躍不已。

「主人這麼慷慨，一定會多給這嚮導報酬的！」路路通暗自想道。

出乎意料的是，福克先生按照嚮導應得的雇傭金額如數支付，一分錢也沒有多給，不過他給嚮導另外準備了一份大禮。

「你辦事能力佳，又熱心助人，」他對嚮導說：「我給了你應得的工資，但是這還不足以表達我的謝意。你要這頭

大象嗎？牠歸你所有了！」

嚮導的眼裡閃爍著喜悅的光芒，說：「先生，您太慷慨了！」

「牽走吧！」福克先生謙虛地說，「即便如此，我還是欠你一份人情。」

「真是太好了！」路路通走到大象面前拿出幾塊糖餵給牠，「吃吧！老兄，你真是頭好象！」

大象滿意地哼了幾聲，然後用牠的長鼻子捲著路路通的腰，把他舉得高高的。路路通一點也不害怕，他用手親切地撫摸大象。大象又把他輕輕地放到地上，路路通用手緊緊地握了一下大象的鼻尖作為回禮。

沒多久，福克先生、柯羅馬蒂先生和路路通已經坐在一節寬敞的車廂裡，他們讓艾娥達平躺在長椅上。火車飛快地開往加爾各答。

大約過了一個小時，年輕的婦人終於甦醒過來。當她發現自己躺在火車上，周圍還坐著一群素不相識的旅客時，一度花容失色，但在她得知事件的來龍去脈，便對這些同伴們充滿了無限感激。尤其對於提議救人的福克先生，艾娥達向他表達了衷心的感謝和無比的欽佩之情。

艾娥達夫人一邊說話，一邊流淚。她一想到自己還在印度境內，可能再次被捕，並遭受嚴重懲罰時，就忍不住全身發抖。

福克先生也想到了這一點，他說：「如果您願意，我可以送您到香港去，等事態平息之後再回印度。」

「非常感謝您！」艾娥達夫人眨著美麗的眼睛，凝望著她的救命恩人，「正好我有個親戚住在香港，我可以去投靠他。」

火車終於在早上七點鐘抵達加爾各答。

　　福克先生在記事本上鄭重地寫下一句話：「十月二十五日，抵達印度首都加爾各答。」從日記上可以看出，倫敦到孟買所節省出來的兩天時間，已經花費在橫越印度半島的旅途上，但想到他們的輝煌戰果，福克先生一點也不後悔。

　　到這裡，柯羅馬蒂也要離開了，大家依依不捨地向他道別，這幾天的同甘共苦已經讓他們成為了患難之交。

現在看來失去的機會
可能在最後一刻出現。

The chance which now seems lost may present
itself at the last moment.

儒勒・凡爾納
Jules Gabriel Verne

第四章　加爾各達的法院判決

　　駛往香港的郵輪要到中午十二點才出發，因此福克他們還有五個小時的閒暇時間。路路通欣喜異常，準備趁這段時間好好逛逛印度這座最繁華的都市；而福克先生也準備帶艾娥達夫人去採買一些合適的新衣物。但他們一走出車站，就被一名員警攔住：

　　「請問您是斐利亞·福克先生嗎？」

　　「是的。」

　　「這一位是您的僕人？」員警指著路路通問道。

　　「是的。」

　　「那麻煩兩位跟我走一趟。」

　　福克先生絲毫沒有露出驚訝的神態，因為員警代表的是法律，而法律對於任何英國人來說，是神聖不可侵犯的。不過路路通天生就有法國人愛挑釁的個性，他想出聲對員警提出抗議，卻被福克先生用手勢制止了。

　　他們三人被帶到當地法院，然後關進一間裝設鐵窗的房間候審。

　　「糟糕，東窗事發，我們要被關起來了！」路路通無精打采地往椅子上一坐。

　　「先生，他們抓您一定是因為您救了我，」艾娥達夫人雖然極力保持冷靜，但從她的語調中可以感受到她內心的激動，「你們還是別再管我了！」

　　「不可能是為這件事情，」福克先生搖搖頭，「殉葬本來就是違法的，那些僧侶一定不敢去告狀。他們一定是搞錯了，您放心，我一定會把您安全送到香港。」

　　「可是十二點船就開了！」路路通提醒他。

　　「十二點以前我們一定能上船的。」他冷靜地回答。

八點半時，那名員警又來了。他把福克一行三人帶到隔壁的一個大廳裡。

　　這是一個審判庭，公眾旁聽席上坐著很多歐洲人和當地人。福克先生、艾娥達夫人和路路通在法官和書記官席位對面的長凳上坐了下來。

　　法官歐巴第亞走進法庭，把吊在掛鉤的假髮取下來，熟練地往頭上一扣，同時宣布：「開始審理第一個案件。」

　　書記官奧依斯特布夫開始點名：「斐利亞‧福克？」

　　「我在這裡。」福克先生說。

　　「路路通？」

　　「有！」路路通回答。

　　「把原告帶上來。」法官一聲令下，旁邊一個小門便被打開，三個僧侶跟著一名法警走了進來。

　　「原告指控斐利亞‧福克先生和他的僕人玷汙了婆羅門神聖的寺廟，」法官高聲宣布，「此外，原告還有物證，也就是玷汙寺院的犯人所穿的鞋子。」法官把一雙鞋子放在公案上。

　　「這是我的鞋！」路路通看到自己的鞋，十分驚訝，不自覺地叫了一聲。

　　這時，路路通那種狼狽不堪的心情可想而知。他早把自己在孟買闖的禍拋到九霄雲外了，完全沒想到他們今天竟會為了這件事在加爾各答受審。

　　他們並不知道，這一切都是警探費克斯一手操縱的。費克斯得知路路通闖禍後，特意拖延了從孟買出發的時間。

　　他跑到事發地點，找到那群僧侶，並主動提出幫助他們得到一筆賠償費的建議。

　　身為英國警探，他深知英國政府對於褻瀆宗教的懲罰十分嚴厲。他帶著三個僧侶，搭乘下一班火車來到孟買。福克

主僕二人因為救人而耽誤了一些時間，所以費克斯一行人先抵達加爾各答。他們到達之後，便立即通知當地法院，只等福克他們一下火車，就立刻將他們緝捕歸案。

這就是福克先生和路路通被帶到歐巴第亞法官面前的全部經過。況且，費克斯在加爾各答逗留期間，仍然沒有收到倫敦寄來的拘票，所以他只能透過這種方法扣留斐利亞‧福克。

「這些事情你都認罪嗎？」法官問。

「是的。」福克冷冰冰地說。

法官於是宣判：「根據大英帝國對印度人民各種宗教一視同仁、嚴格保護的法律，以及被告路路通先生已經承認曾於今年十月二十日玷汙孟買寺廟的事實，本庭判決被告路路通禁閉十五日，並罰款三百英鎊。」

「三百英鎊？」路路通嚷道，他為自己的魯莽行為感到後悔不已。

「別說話！」法警喝斥了一聲。

「此外，」法官歐巴第亞接著宣判道，「由於福克先生無法提出不在場證明，因此也必須為自己僕人的行為負起部分責任。據此，本庭宣判斐利亞‧福克禁閉八天，並處以罰款一百五十英鎊。」

坐在角落旁聽的費克斯心裡一陣狂喜，心想：「福克要在加爾各答禁閉八天，屆時倫敦的拘票肯定也寄到了。」

路路通卻完全呆住了，這個判決意味著主人的賭約必輸無疑，兩萬英鎊的賭注金也將落入別人手中。

但是，斐利亞‧福克先生依然不動聲色，就連眉頭都沒有皺一下，彷彿這個判決與他毫無關係似的。正當法官宣布開始審理下一個案件時，福克先生突然站起來說：「我要交保。」

「那是您的權利，」法官說，「但基於福克先生和其僕人的外籍身分，兩名被告必須各繳付保證金一千英鎊。」

兩千英鎊在當時可說是一筆鉅款呀！但福克先生毫不遲疑，他從路路通背著的旅行袋裡拿出一疊鈔票，放在書記官的桌子上。

「現在您算是交保後無罪釋放了，」法官說，「這筆錢等您回來服刑，期滿出獄後便會全數歸還。」

「走！」福克先生對路路通說。他們叫了一輛馬車，接著便揚長而去。

看到福克先生如此大手筆，費克斯氣得咬牙切齒，「這個流氓，居然就這樣豪擲兩千英鎊！真是偷來的錢不知道珍惜！哼！我一定要把你緝拿歸案！不然，照這樣下去，偷來的錢很快就會被揮霍一空！」

費克斯之所以如此擔憂福克先生的花費是有原因的，實際上福克先生自從離開倫敦以後，光是旅費、買象、保證金和罰款的開銷，就已經花掉五千多英鎊了。這樣算下來，按追回贓款總數比例發給警探的獎金，也就越來越少了。

福克先生一行人順利登上開往香港的郵輪——仰光號。這是一艘有著螺旋推進器的鐵殼船，航行速度和蒙古號差不多，但設備卻不如蒙古號，艙房的舒適程度也差強人意。所幸走完這條航線只需要十一、二天，因此大家僅須忍耐一陣子。

仰光號的第一段路程因為風向非常利於航行，所以走得一帆風順。不久，船上的旅客們便望見了安達曼群島。安達曼群島的風景非常優美，一眼望不到盡頭的森林幾乎遍布全島海岸，森林的後面是層巒疊嶂的高山，天上還盤旋著成群珍貴的海燕。行經安達曼群島後，仰光號便迅速地航向馬六甲海峽，這條海峽是通往中國領海的必經途徑。

在這一段航程中，那個被迫跟著環遊世界的倒楣警探費克斯在做什麼呢？其實，他在離開加爾各答前，就已經申請把拘票轉寄到香港了，而他也偷偷地登上了仰光號，準備在香港拘捕福克先生。

香港是福克旅途中最後一塊英國殖民地，在那裡，只要有英國的拘票，費克斯就能輕而易舉把福克先生抓起來，交給當地的警察局。

但是過了香港之後在中國、日本、美洲等地方，除了拘票之外，還必須辦理引渡手續，其過程既繁雜又費時，一旦中間出現任何差錯，都可能讓這個竊賊逍遙法外。因此，若他無法在香港抓住福克，之後便很難再找到逮住他的好機會了。

於是，費克斯決定這次一定要在香港拖住福克，「在孟買我失敗了，在加爾各答我也沒成功，要是在香港再讓他溜走，那我這個警探的臉就要丟光了！可是，我究竟要用什麼辦法才能成功拖住福克呢？」

深思熟慮後，費克斯決定跟路路通打開天窗說亮話，讓他看清自己主人的真面目。等路路通明白事實真相之後，他一定會拒絕與主人同流合汙，並且幫助自己逮捕福克。但費克斯又有些擔心，萬一路路通與他的主人是同夥，和他攤牌豈不是搬石頭砸自己的腳？所以他決定謹慎行事，先打探一下路路通的口風。

十月三十日，費克斯走上甲板，故意裝作驚訝萬分的樣子和路路通搭訕，「咦！您也在仰光號上！」

「嗨！費克斯先生，原來您也在這艘船上！」路路通認出了這位在蒙古號上跟他同船的旅伴，「您這一路和我們同行，難道您也要環遊世界嗎？」

「不，不，」費克斯回答，「我打算去香港旅遊。」

從開船到現在，費克斯一直躲著路路通，就怕遇見這種尷尬的問題。

　　「哦！」路路通愣了一會兒說，「可是從加爾各答開船到現在，我怎麼都沒見到您呢？」

　　「呃，這幾天我不太舒服……有點暈船……我一直在我的艙房裡躺著……」費克斯臨時編了個謊言搪塞過去，「您的主人還好嗎？」

　　「他的身體非常好！您不知道，我們在印度遇到了很多有趣的事情，甚至還英雄救美呢！」路路通的話匣子一被打開，就再也收不住。他連珠炮似地把過去幾天發生的所有事情，統統告訴費克斯，包括如何在孟買寺廟闖禍、怎麼在火葬壇劫救了艾娥達夫人、怎樣在加爾各答花鉅款獲得保釋等等。

　　費克斯假裝饒有興趣地聽著，雖然有些事情他早就知道了。

　　「我們去喝杯杜松子酒吧。費克斯先生，我們能在仰光號上重逢，也是個難得的緣分啊！」路路通愉快地邀請費克斯，而對方也欣然同意了。

　　雖然「他鄉遇故知」讓路路通十分開心，但他也開始覺得事情有些蹊蹺。為什麼費克斯又一次跟他的主人同搭一艘船？要說是巧合，也太巧了吧？而且為什麼他總愛打聽福克先生的事情？他是誰派來的？究竟想做什麼？

　　路路通沒想到福克先生被別人當成竊盜了，因此他想到的合理解釋是：費克斯是革新俱樂部裡那些和福克打賭的牌友們派來的密探，目的是要監視福克先生這次環遊世界，是否有按照指定的路線老老實實地進行。

　　路路通對自己的發現非常得意，但他不打算把這件事告訴福克先生，因為他覺得福克先生若得知牌友們懷疑他，自

尊心肯定會受到打擊。不過他決定暗中捉弄那個費克斯，讓他明白自己已經知道他的祕密任務。於是，在接下來的旅程中，他常常在言談間逗弄費克斯。

「嘿！費克斯先生，到了香港後，您就留下不走了嗎？那我真是捨不得和您分開呀！」

「這個……」費克斯面有難色地回答，「這也難說，也許……」

「身為東方半島輪船公司的代理人，您怎麼能在中途停下呢？」路路通故作無辜地說：「要是您還能繼續與我們同行，那就真是太幸運了！您本來說只去孟買的，現在馬上又要到中國了。接下來踏上美洲大陸也指日可待，然後從美洲回到歐洲也是近在咫尺！」

還有一次，路路通問費克斯：「您這份職業是不是能賺很多錢呀？」

「不一定，」費克斯回答，「有些任務待遇好，有些任務待遇差。但有個好處，那就是我不需要負擔旅費！」

「這我早就知道了！」路路通故意眨了眨眼睛。

這些話把費克斯弄得糊里糊塗的。他認為自己行事夠謹慎，從沒暴露過自己的身分，但是從路路通的神情看來，他似乎已經看出一些端倪。最可惡的是，路路通從不點破，也不當面揭穿他，這讓費克斯更加心神不定。最後他決定，如果到了香港還不能逮住福克的話，就跟路路通澈底攤牌，逼他做出棄暗投明的選擇。

十月三十一日星期四清晨四點，仰光號比預計時間提前半天抵達新加坡，福克先生照例把這提早的半天時間寫在了旅行日記的「剩餘時間」欄內。

由於仰光號需要添加燃料，福克先生便陪同艾娥達夫人上岸觀光。

新加坡島就像一座美麗的花園，福克先生和艾娥達夫人坐在一輛漂亮的馬車裡，由兩匹從荷蘭進口的駿馬拉著，在長著綠色葉子的棕櫚樹和丁香樹林裡奔馳。

　　空氣中彌漫著濃郁的豆蔻樹香氣，路旁還有椰子樹和茂密的羊齒草。偶爾還能瞥見樹林中成群的猴子，鬼鬼祟祟地探頭出來，向遊客們討東西吃。

　　艾娥達夫人和她的旅伴坐著馬車遊覽了兩個小時。雖然福克先生對這些風景沒什麼興趣，但卻是個好嚮導，他耐心地為艾娥達夫人介紹各處景色，令美麗的艾娥達夫人對他的欽佩之情又增添了一分。

　　十一點鐘，仰光號加好煤後就離開新加坡航向香港。福克先生希望能在六天之內到達香港，以便趕上十一月六日從那裡開往日本橫濱的一班郵輪。

第五章　　海上驚魂

　　如果說前一陣子的海上航行是由於天公作美，所以一直都很順利的話，那接下來的航程就表示幸運之神不再眷顧福克先生了。

　　一開始天氣相當晴朗，但是，隨著半圓的月亮在東邊出現，天氣就開始變壞了。海上巨浪翻騰，海風刮得很急，幸虧風是從東南方吹來，有利於仰光號的航行。當船處於迎風面時，船長便下令張起全部船帆。在海風和引擎的雙重動力下，航行的速度大大提升。

　　十一月二日起，海上的天氣開始惡化。風愈來愈大，且持續刮起西北風，阻擾著仰光號的前進。狂風怒吼，海浪奔騰，仰光號在狂風暴雨中左右搖擺，隨時都可能傾覆。在這樣的情況下，船長不得不下令收起大帆，讓船身斜頂著海浪緩緩前進，航行速度因此大大降低。照此下去，抵達香港的時間將比預訂時間延遲二十個小時，那福克先生就會趕不上開往日本橫濱的郵輪。

　　惡劣的天氣也影響旅客們的日常生活。有些人受不了顛簸，整日上吐下瀉，病懨懨地躺在艙房；也有人整日擔心害怕，日夜祈禱暴風雨早日過去，讓輪船能夠安全抵達；但也有人早已習慣海上生活，即使面對惡劣環境也處之泰然。

　　福克先生正是最後一種人。面對波濤洶湧的大海，他依然面不改色，連眉頭也沒有皺一下，每日依然按時用餐，開暇時就和其他乘客們打牌。對於船隻可能會遲到的消息，他也欣然接受，完全沒有急躁和煩惱的情緒，好像他在制定旅行計畫時，就預料到會有這一場暴風雨似的。

　　但是，費克斯對於這一場暴風雨，卻有另一種完全不同的看法。實際上，遇上這種壞天氣正是他求之不得的。

他和船上其他乘客完全相反，天天祈求暴風雨繼續，如果仰光號還必須靠岸躲避暴風雨的話，那就更好了，不管什麼樣的耽擱都對他有利。

想到福克可能趕不上去日本的郵輪，勢必要在香港多留幾日，他就樂不可支。雖然他有點暈船，但是身體上的小小痛苦根本算不了什麼，他的心情可是興奮無比呀！

至於路路通，他的火爆脾氣完全被這場暴風雨激發！一想到他的主人可能因遲到而輸掉一半的家產，他就忍不住大發雷霆。他一刻也坐不住，總是在艙房裡來回踱步，怨天尤人；或是跑到駕駛艙，一而再、再而三地向船長、領班和水手詢問同樣的問題：「暴風雨什麼時候才會停？明天天氣會好轉嗎？仰光號能準時到達嗎？」這些問題讓船員們不勝其擾，以至於大家都對他避之唯恐不及。

十一月四日，風浪終於平息了。海上情況好轉，海風也變得和緩許多，路路通的臉色也像天氣一樣開始變晴朗。仰光號重新升起了大桅帆和小桅帆，以飛快的速度前進。

但是，失去的時間無法彌補。仰光號將會延後二十四小時，也就是十一月六日才能抵達香港，到時他們肯定趕不上開往橫濱的郵輪。

六日下午一點鐘，仰光號終於停靠在香港碼頭，旅客們陸陸續續下了船。路路通沮喪至極，他悶聲不響地收拾行李下船，在路過港口管理員的時候，也不去打聽是否前往橫濱的船。

費克斯則在心中竊喜，但他極力掩飾，避免被路路通看透他的幸災樂禍而將他暴打一頓。

福克先生還是和往常一樣平靜，他輕描淡寫地詢問港口管理員：「從香港開往橫濱的輪船什麼時候啟航？」

「明天早上漲潮的時候。」管理員回答。

　　福克先生「噢」了一聲，沒有一絲驚訝的表情。一旁聽到的路路通高興得跳了起來，費克斯則恨得咬牙切齒。

　　「這艘輪船叫什麼名字？」福克先生問。

　　「卡爾納蒂克號。」管理員說。

　　「這艘船不是應該在昨天啟航嗎？」

　　「是的，先生。但是船上有個鍋爐需要修理，所以就改到明天了。」

　　「謝謝您。」說完這句話，福克先生就走下船了。這時路路通跑上前去，給了管理員一個熱情的擁抱，還連連稱讚他是個好人。管理員一頭霧水，完全不明白為什麼幾句簡單的回答，會博得如此熱情的感激。

　　經此一事，路路通打從心底認定他的主人是位非常善良的人，所以連老天爺都眷顧著他。如果卡爾納蒂克號不是要修理鍋爐的話，早在十一月五日就已經開走了。那麼，要去日本的旅客就只能等待八天後才能搭下一班船。但如今，福克先生雖然遲到了二十四小時，卻還能及時搭上船，不至於嚴重影響他下階段的旅行計畫。

　　不過在福克先生看來，這一切與運氣無關。實際上，從香港去日本的郵輪與從加爾各答到香港的郵輪是銜接的，前者不可能在後者未抵達之前就先行出發。因此，香港的船誤點，開往橫濱的船也會相應順延。如今雖然遲到了一天，但他們接下來還有很長的航行，要把這一天的時間補回來並不難。

　　總體看來，斐利亞·福克先生從倫敦出發的這三十五天以來，除了這二十四小時以外，其餘的行程皆有按照計畫完成。

　　卡爾納蒂克號要到明天早上五點鐘才出發，所以福克先生還有十六個小時可以辦理一些私事，而其中一件就是幫艾

娥達夫人尋找她的親戚。一下船,福克先生就陪同艾娥達夫人去找她那位有錢的富商親戚。不幸的是,他們在富商工作過的地方,打聽到富商先生早在兩年前因投資獲利豐收就離開香港,搬回歐洲去了。

聽到這個消息,艾娥達夫人一句話也不說,想了一會兒後,才輕輕地嘆道:「唉!我接下來該怎麼辦呢?」

「這很簡單,」福克說,「到歐洲去。」

「可是我怕會妨礙到您⋯⋯」

「這完全不是問題。您與我們同行,並不會干擾到我的旅行計畫。」

艾娥達夫人的眼睛裡頓時充滿感激,含情脈脈地看著福克先生。福克先生還是一如往常地鎮靜,完全不把自己的慷慨之舉當一回事。他就像是一顆高懸在眾人之上的行星,穩定地沿著自己的軌道而行,毫不憂慮那些在周圍運行的小行星。

「路路通,」福克先生吩咐道:「去卡爾納蒂克號訂三個頭等的艙位。」

「是,先生!」路路通一邊回應,一邊往外走,他非常高興能繼續跟溫柔美麗的艾娥達夫人一起旅行。

香港原先是中國的領土,但於一八四二年的鴉片戰爭之後,戰敗的中國簽訂了《南京條約》,被迫將此島割讓給英國。英國在這塊殖民地上興建一座大都市,這裡有船塢、醫院、碼頭、倉庫、一座哥德式大教堂和一座總督府,整個城市的建築風格也與英國沒什麼兩樣。

路路通兩手插在衣服口袋裡,悠然地走向維多利亞港。在他看來,香港和他沿途經過的孟買、加爾各答或新加坡等差不多,都是英國城市鏈上的一環,只不過間隔的距離遠了一些而已。

　　路路通在卡爾納蒂克號停靠的碼頭上又遇見費克斯，但警探看起來一點也不高興，彷彿碰到了什麼煩心事。

　　「福克先生順利趕上船了，那些革新俱樂部的紳士們可要難過好一陣子了，」路路通心裡想著，「難怪費克斯看起來一副悶悶不樂的樣子！」

　　費克斯的確心情不好，因為儘管仰光號晚到了一天，從孟買轉寄過來的拘票仍然還沒有送達。現在，他唯一的辦法就是拖著福克在香港多待幾天，要是讓他離開這趟旅程中最後的英國管轄地，以後再想逮捕他就沒這麼容易了。

　　「您好！」路路通無視費克斯的煩惱，笑嘻嘻地與他打招呼，「您決定跟我們一同到美洲去了嗎？」路路通問。

　　「是啊。」費克斯有氣無力地說。

　　「那就快走吧，」路路通哈哈大笑，「我早就知道您是不會跟我們分開的。我們一起去訂船票吧！」

　　他們一同走進郵輪售票處，訂了四個艙位。這時售票員告訴他們說，卡爾納蒂克號已經提前修好了，原本計畫明天早晨才開船，現在改成今晚八點鐘就起航。

　　「太好了！」路路通興奮地說：「這對福克先生來說真是再好不過了。我馬上去通知他！」

火車就像時間和潮汐一樣，
不為任何人停留。

Trains, like time and tide, stop for no one.

儒勒・凡爾納
Jules Gabriel Verne

第六章　香港鴉片館的陰謀

　　想到福克先生又有機會提早離開，讓費克斯心裡一陣失望，他決定向路路通講明一切，盡力把他拉攏過來，一起拖住福克先生，讓他在香港多待幾天。打定主意之後，費克斯就請路路通到酒館喝酒。路路通看時間還早，便接受他的邀請。

　　碼頭對面有一家門面考究的酒館，他們兩人直接走了進去。酒館內部裝修得富麗堂皇，大廳裡擺滿藤製的桌椅，裡面坐著三、四十名顧客，有人大口喝著清淡的啤酒；有人小口啜飲著濃烈的燒酒；但更多的人則是在吸著長桿煙槍，煙葫蘆上裝著用玫瑰露和鴉片製成的煙泡。

　　一旦吸煙的人昏厥，身子癱倒在桌子底下，酒館的服務生就會把他抬到屋內的板床上，和其他同樣暈過去的煙鬼安置在一起。二十多個昏迷的煙鬼一字排開躺在板床上，看起來狼狽不堪。

　　唯利是圖的大英帝國每年都會販售大量鴉片給中國。雖然中國政府試圖用嚴刑峻法來杜絕這種惡習，卻仍然無濟於事。吸鴉片的習慣從富人一直蔓延到窮人，不分男女皆染上這個惡習。鴉片容易使人上癮，一旦吸食就再也戒不掉，不僅如此，鴉片還對人體有很大的危害，吸鴉片的人通常不到五年就會死去。這樣的大煙館在香港比比皆是。

　　費克斯點了兩瓶葡萄牙紅酒，和路路通開懷暢飲。狡猾的費克斯自己喝得很有分寸，卻一直向路路通勸酒。幾杯黃湯下肚後，路路通就面紅耳赤，頭暈目眩了起來。

　　「我得回去提醒福克先生早點上船了。」路路通搖搖擺擺地站起來。

　　「再坐一會兒，我有緊急的事情要和你談，是關於你主

人的事情。」費克斯一把拉住路路通。看費克斯一本正經的樣子，路路通又坐了下來。

費克斯壓低聲音說：「你已經猜出我的身分了吧！」

「當然！」路路通笑著說，「不是我說呀，那些老爺們可是白花那些錢了。」

「白花錢了？」費克斯說：「我看你根本不知道這件事牽涉了多大一筆錢！」

「你錯了，我知道，」路路通說：「兩萬英鎊！」

「不是兩萬，」費克斯抓緊路路通的手，「是五萬五千英鎊！」

「怎麼……」路路通叫著說：「福克先生居然拿……五萬五千英鎊……好吧，這就更不能耽擱了！」說完，他又站了起來。

費克斯一面強拉路路通坐下來，又叫了一瓶白蘭地，一面接著說：「好吧，那我現在把所有情況都告訴你。如果這事辦成了，我可以得到兩千英鎊獎金。只要你肯幫忙，我就分你五百英鎊。要不要？」

「要我幫你的忙？」路路通大聲說道，他的兩隻眼睛簡直都瞪圓了。

「你幫我拖住福克先生，讓他在香港多待幾天！」

「可是這是個陰謀！」路路通嚷嚷著。費克斯敬他一杯他就喝一杯，根本沒注意自己喝了多少，「這是不折不扣的陰謀！這些老爺們，還算是朋友嗎？」

費克斯開始覺得他的話文不對題了，「等一下，你到底以為我是什麼人？」

路路通笑了起來，「你是革新俱樂部那些多疑的紳士們派出來的密探，專門來盯著我家主人是不是按照既定路線環遊世界的。說實話，你這趟是白來了，因為以我家主人的人

品，這種事情是絕對不會發生的。而且我早就看穿你的身分了，」路路通滔滔不絕地接著說：「可是我一個字也沒告訴福克先生。」

「他一點也不知道？」費克斯激動地問。

「完全不知道。」路路通說著又喝了一杯。

警探沉思一會兒——原來路路通誤會了自己的身分。這也說明他絕對不是福克的同謀。不過，費克斯也沒有把握他會不會幫助自己，但現在情勢逼人，他只能放手一搏了。

「你聽著，」費克斯表情嚴肅地說：「我不是你猜想的那種人，也根本不認識什麼革新俱樂部的紳士們……」

「是哦！」路路通嘲諷地望著費克斯說。

「我是倫敦警察廳的警探，接受了倫敦警察廳的追捕任務……」

「您……倫敦警察廳的警探……」

「我給你看證件，」費克斯說，「你看，這是我的出差證明。」

警探從他的皮夾裡拿出一張證件給路路通看，那是倫敦警察廳廳長所簽署的證明。路路通被嚇傻了，兩眼發直地瞪著費克斯，一句話也說不出來。

「福克先生環遊世界只不過是個藉口，你和那些革新俱樂部的會員都被他騙了。」費克斯說。

「他為什麼要這麼做？」

「九月二十八日那天，英國國家銀行被人偷走五萬五千英鎊。這個小偷，就是你的主人，他想藉著打賭的名義逃之夭夭。」

「胡說八道！」路路通大力捶著桌子說：「我的主人是世界上最正派的人。」

「你怎麼知道？」費克斯反問道，「你是在他動身離開

倫敦那一天才到他家工作的，根本就不瞭解他！」

「不會的，福克先生不可能是小偷！」可憐的路路通機械式地抗辯道。

「那麼你是願意作為他的同夥一起被捕了？」

路路通雙手抱著腦袋，陷入一片迷惘。福克先生，一個如此見多識廣、慷慨大方、見義勇為的紳士，真的會是竊賊嗎？

「那你要我怎麼做？」路路通鼓起勇氣詢問。

「我一直緊盯著福克先生的行蹤，」費克斯說：「但我還沒有收到倫敦寄來的拘票，所以我需要你幫我拖住他，想辦法把他留在香港……」

「你叫我……」

「我們能平分英國國家銀行懸賞的兩千英鎊獎金。」

「我不做！」路路通結結巴巴地說，「即使你剛才說的話都是真的……即使我的主人真的是個賊……我也絕對不會承認的……他是個好人，是個正人君子。要我出賣他，我辦不到！就是把全世界的金子都給我，我也不會那麼做！」

「你拒絕嗎？」

「我拒絕！」路路通試圖站起來，只不過他實在喝得太多了，一站起來就天旋地轉的，只好又坐了下來。

「既然你不願意，那就當我什麼也沒說過吧！」費克斯虛情假意地說：「來，我們繼續喝酒。」

「好，我們喝酒！」

路路通覺得越來越醉了，而費克斯認為現在必須不惜任何代價，把路路通和他的主人分開。

於是他決定一不做，二不休，拿起桌上一枝裝了鴉片的煙槍，遞到路路通手裡。路路通迷迷糊糊地接過，放到嘴裡吸了幾口，結果路路通當場昏了過去。

「哈哈……這下就沒有人會去通知福克先生，告訴他卡爾納蒂克號提早開船的消息了。」費克斯隨即付了帳，揚長而去。

當費克斯和路路通在酒館裡爭論時，斐利亞・福克正陪著艾娥達夫人在香港街頭散步。福克先生為艾娥達夫人購買了很多衣物和生活用品，為她此後的長途旅行做好萬全的準備。

「不用了，不用了。」艾娥達夫人懇切地推辭說：「福克先生，您已經買很多了，請不要再破費了！」

「這是我自己路上要用的，原本就計畫好要買的。」福克先生依舊我行我素地把所有的東西買下來。

逛完街之後，福克先生和艾娥達夫人回到大飯店，享用了一頓豐盛的晚餐。飯後，艾娥達夫人覺得有點疲倦，她向福克先生道晚安後，就回自己的房間。

福克先生也回到自己房裡，一整個晚上都在專心地閱讀《泰晤士報》和《倫敦新聞畫報》。假如福克先生是一個對任何事情都感到好奇的人，那麼他就會察覺到自己的僕人徹夜未歸，又或許是他知道開往橫濱的船明天早晨才啟程，所以對此事沒太在意，頂多以為路路通只是比較貪玩而已。

直到第二天早上，路路通仍然不見人影，福克先生才覺得有點意外。不過他沒時間細想，因為已接近開船時間，只能期待在碼頭會和路路通碰面。

福克先生自己提旅行袋，一面叫人通知艾娥達夫人，一面叫人去僱轎子。

福克先生和艾娥達夫人乘上轎子，去了碼頭。可是，讓他們失望的是，碼頭的工作人員告訴他們，卡爾納蒂克號昨天晚上就已經開走了。

此外，他們還是沒看到路路通的人影。

禍事成雙讓艾娥達夫人頓感焦慮，但福克先生仍然十分鎮靜地安慰她：「這只是個意外，夫人，沒關係的。」

　　就在這時候，一直在碼頭等候的費克斯走了過來。他裝成從來沒看過福克先生的樣子與他打招呼，「您不就是跟我一起搭乘仰光號到香港來的旅客嗎？」

　　「是的，先生，」福克冷淡地說：「請問您是……？」

　　「我叫費克斯，冒昧地問一句，你們原本是不是預備搭乘卡爾納蒂克號離開？」

　　「是的，先生。」

　　「我也是。可是我萬萬沒想到，卡爾納蒂克號的鍋爐昨晚修好，竟提早十二個小時開走了。現在只好再等八天，搭乘下一班船離開了！」

　　費克斯講到「八天」兩字的時候，還故意加重語氣。福克得在香港待上八天！等拘票寄達的時間是綽綽有餘了。屆時，他就可以大顯身手了！

　　「但在我看來，除了卡爾納蒂克號之外，香港港口應該還有其他的船。」福克慢悠悠地說道。接著他就讓艾娥達夫人挽著自己的手臂，一起走向船塢去找尋其他即將啟航的輪船。費克斯不知如何是好，只能盲目地跟在後面，彷彿福克先生的手上有一根線牽著他似的。

　　福克先生在港口到處打聽有沒有船馬上就要啟程，整整跑了三個多小時仍然一無所獲。就在福克打算去澳門找船的時候，一名海員迎面朝他走來。

　　「先生，您在找船嗎？」海員脫帽致意，向福克先生詢問道。

　　「有馬上要開的船嗎？走得快嗎？」福克先生問。

　　「確實有一艘引水船，先生，它平均每小時至少可以跑八海里。」海員回答說，「您是要乘船到海上觀光嗎？」

「不，我要搭船遠行，」福克先生說，「您能送我到橫濱嗎？」

海員聽了這句話，不自覺地舉起雙臂，瞠目結舌地看著福克，「先生，您是在開玩笑吧？」

「不是開玩笑！卡爾納蒂克號開走了，但我必須在十四日以前趕到橫濱，因為我要趕上開往舊金山的船。」

「抱歉，這可沒辦法，我們這種小船完全不適合在海上長途航行。」

「我每天給你一百英鎊的船費，如果你能及時趕到，我再給你兩百英鎊的獎金。」

海員有些心動了，他在「發一筆橫財」和「海上冒險」之間掙扎。片刻後，海員開口道：「先生，我不能拿我的船員和您的性命去冒這個險。這麼遠的航程，尤其是用一艘只有二十噸的船進行這樣長途的航行，而且又在這個時節。再說，我們也不可能按時抵達，畢竟從香港到橫濱可是足足有一千六百五十海里呢！」

海員的這一席話，讓費克斯心裡瞬間樂開了花，艾娥達夫人則憂心忡忡，福克先生還是面不改色。

「但我還有其他辦法，」海員說，「從這裡開往日本南端的長崎港口，兩者之間的距離只有一千一百海里，或者是只到上海，上海離香港只有八百海里。這兩條航線我這艘船都還能承受。」

「海員先生，我要到橫濱搭美國的船，我不去上海，也不去長崎。」

「為什麼不去上海或長崎呢？開往舊金山的郵輪並不是從橫濱出發，而是從上海。橫濱和長崎只是兩個中途停靠的港口。」

「您確定嗎？」福克先生揚起了眉毛，「去舊金山的船

什麼時候離開上海？」

「十一日下午七點鐘，所以我們還有四天的時間。四天就是九十六個小時，我們按每小時平均走八海里計算，只要抓緊時間，而且海上持續吹著東南風的話，我們就能及時趕到。」

「您的船什麼時候可以開？」

「一個小時後就可以開了，我需要去買點糧食，還需要做點行前準備。」

「好，我們一言為定。」福克先生決定租下這艘船。費克斯眼見煮熟的鴨子要飛了，心裡又急又氣。這時，福克先生轉過身來問費克斯要不要同行，為了繼續跟蹤，費克斯立即答應了同行的提議。

「可是路路通呢……」艾娥達夫人很為他擔心。

「我會安排妥當的。」福克先生說。於是，福克先去了趟香港的警察局，向他們描述了路路通的外貌特徵，並留下一筆足夠讓他回國的旅費，接著又到法國領事館辦了同樣的手續後，才再度返回港口。

這艘引水船叫「唐卡德爾號」，重二十噸，是一艘很漂亮的機帆船。船上設備十分齊全，除了有兩面稍微向後傾的大帆，還有後檣梯形帆、前中帆、前檣三角帆、外前帆和頂帆。輪船保養得很好，船上的銅具全都閃閃發亮，就連鐵器也都做過電鍍處理，此外，甲板上一樣也是乾乾淨淨的。

更重要的是，唐卡德爾號的船主約翰・班斯比航海經驗豐富，另外四個船員也都是機智勇敢的小夥子。看來，這艘船應該能夠完成這趟任務。

下午三點十分，唐卡德爾號拉起了船帆。隨著號角聲響起，船出航了。

福克先生和艾娥達夫人朝碼頭望了最後一眼，路路通還

是沒有出現。這是福克先生第一次和他的僕人分開。

　　一艘二十噸重的小船在海上航行八百海里，簡直如同一次冒險的遠征。中國沿海一帶，經常會碰上惡劣的天氣，尤其是在春分和秋分時節，更容易遇到劇烈的海風。但船主約翰・班斯比對自己的唐卡德爾號很有信心，而這艘船在海上的表現也沒有辜負他的信任。

　　唐卡德爾號的航行情況非常令人滿意。它揚起全部的船帆，充分利用從船身後方吹來的東南風，順風飛馳，平均時速高達八海里至九海里。到第二天日出時，這艘小船已經走了一百海里。如果風向一直不變，唐卡德爾號就能按時到達上海。

　　船主班斯比覺得成功在望，他對福克先生重複說了好幾次，保證他們會按時到達上海，福克都只簡單地答道：「但願如此。」

　　唐卡德爾號表現如此優異，也要歸功於所有船員非常積極工作，因為福克先生許下的重賞讓這些能幹的水手們受到了非常大的鼓舞。船上所有的帆索都繃得緊緊的，所有的篷帆也都被吹得鼓鼓的，航行路線也沒有一絲一毫的偏差。

　　第三天太陽升起的時候，海上刮起了強風，大海上空聚集了許多烏雲，遠處東南方的海面上也捲起滔天巨浪。這一切跡象都表明：暴風雨即將來襲！

　　暴風雨當前，福克先生卻沒有讓船慢下來的意思，他言簡意賅地指示船長：「暴風雨是從南方來的，將有助於我們的船走得更快。」

　　將近八點鐘，暴風雨開始向小船襲來。唐卡德爾號在暴風雨的狂嘯中繼續飛馳，它前進的速度比開足馬力的火車還要快上幾倍。

　　排山倒海的巨浪無數次地從後方打上小船的甲板，翻滾

的浪花像傾盆大雨一樣，把船上的旅客粗暴地沖洗一番。旅客們彷彿秋風中的落葉，只能默默忍受暴風雨的肆虐。

在這種情況下，費克斯不出所料地在一旁怨天尤人。福克先生則猶如一尊雕像端坐在甲板上，臉上的表情始終平靜如水，就像這場暴風雨早在他的意料之中。而艾娥達夫人只是目不轉睛地注視著她的旅伴，她完全被福克那種處之泰然的態度吸引，對他的感情也在不知不覺中加深。為了能和他匹配，因此她也坦然地面對風雨的折磨。

暴風雨隨著黑夜的降臨變得更加猖狂。此刻，一向有自信的船主班斯比也沉不住氣了，他在考慮是否應該找個港口暫留一會兒。他和福克先生商量：「先生，我想我們最好還是在沿岸找個港口停留一段時間。」

「我也這麼想。」斐利亞・福克回答。

「好，」船主說，「可是，要在哪個港口停呢？」

「我只知道一個港口，」福克先生語氣平靜地說，「上海。」

對於福克先生的回答，船主一開始有點不明所以，等想通之後，他不禁被福克先生的堅定意志給激勵了。於是，他說：「先生，您說得對。讓我們前進上海吧！」唐卡德爾號堅定不移地向北航行。

天空晦暗得可怕！小船有兩次差點要被風浪捲走，甲板上的船具要不是有繩子綁牢，全都早已滾入大海。艾娥達夫人雖疲勞不堪，但是她毫無怨言。因為福克先生不只一次擋在她身前，讓她免受海浪的衝擊，並且不斷地安慰她，給她有力的心理支持。

天亮了。這時的暴風雨更像一匹脫韁的野馬，肆無忌憚到無以復加的地步。海面上完全看不到其他船隻的影子，只有唐卡德爾號獨自傲然地乘風破浪。如果不是它夠堅固，在

這場波濤相互撞擊的混戰中早就被擊碎了。

　　這場暴風雨直到中午才慢慢減弱，到了傍晚時分，海面終於恢復平靜。船主指揮船員們重新升起大帆，唐卡德爾號又重新展現其傲人的前進速度。

　　到了隔日，也就是十一月十一日，當太陽冉冉升起，小船離上海已經不到一百海里了。

　　雖然距離不遠，但由於時間緊迫，所以唐卡德爾號必須在今天一口氣趕完這一百海里！因為福克先生若想趕上開往橫濱的郵輪，今天晚上就必須抵達上海。無奈，這場暴風雨耽擱了很多時間，否則現在他們離上海港口頂多不超過三十海里了。

　　不幸的是風勢已開始大幅減弱，推動唐卡德爾號前進的海浪，也隨著海風的消散而變得軟弱無力。即使小船上的布帆、頂帆、附加帆和外前帆都全部升起來了，海風卻越來越小，最後變成了一股若有似無的微風。

　　失去海風的助力，唐卡德爾號的航行速度慢了下來，最後只能在海水的推送中緩緩前進。到了晚上七點鐘，唐卡德爾號距離上海還有三海里。

　　船主氣憤地跺著腳，兩百英鎊的獎金就這樣泡湯了！費克斯的嘴角露出一絲不易察覺的笑容。艾娥達夫人擔憂地望著她的旅伴，但福克先生仍舊是面無表情，即使他的命運就繫在這千鈞一髮的時刻。

　　就在這時，只見一個又長又黑的煙囪，頂端冒著滾滾的濃煙，出現在浪花翻騰的海面上，竟是那艘準時從上海啟航前往美國的郵輪。

　　「該死！」船主絕望地把舵盤一推，心有不甘地叫道。
　　「發信號！」福克簡單地提醒道：「下半旗！」
　　一架裝滿火藥的小銅炮被拉到船頭上，這座銅炮本來是

在大霧裡迷失方向時發信號用的；船旗下降到旗杆中段，也代表著一種求救信號。他們希望能被郵輪的船員看到，從而改變航線，駛向唐卡德爾號而來。

「開炮！」福克一聲令下，船主班斯比點燃導火線，小銅炮「轟」的一聲，響徹整個天空。

這次，命運的天秤似乎又再一次地倒向福克先生。這艘從上海往橫濱的郵輪發現了唐卡德爾號，把福克先生、艾娥達夫人和費克斯先生一起接上了船。在臨走之前，福克先生將承諾的船費交付給班斯比船長，誠懇地向他表示感謝，然後從容地踏上航向橫濱的旅程。

第七章　橫濱馬戲團的驚喜

　　十一月十四日早晨，郵輪準時抵達了橫濱。福克先生訂好當天晚上前往舊金山的船票後，就帶著艾娥達夫人去打聽卡爾納蒂克號的消息。從香港到上海、上海到橫濱的這一路上，福克先生一直惦記著路路通，從來沒有放棄找回他的念頭。

　　令福克先生欣慰的是，據卡爾納蒂克號的旅客記錄上記載，路路通已經順利抵達了橫濱，剩下的問題就是如何找到他。福克先生首先去英國和法國領事館打聽，但一點消息也沒有。他跑遍了橫濱的英國人和法國人的聚居地，還是一無所獲。就在他幾乎放棄的時候，命運之神讓他們重逢了。

　　以下便是他們相遇的經過：

　　福克先生和艾娥達夫人找了一天，累得筋疲力盡。下午三點鐘，他們來到一座寬敞的馬戲棚旁邊。

　　一陣震天價響的鑼鼓聲引起艾娥達夫人的興趣，原來有一場日本雜技團的表演馬上要開演了。福克先生主動提議要陪她觀賞這場雜技表演，讓她欣賞一下神祕的東方藝術。

　　馬戲團演出的節目和一般雜技團內容大致相同：一名演員手裡拿著一把扇子和一些碎紙片，演出美妙動人的「群蝶花間舞」；另一名演員用他從煙斗裡噴出來的青煙，在空中迅速地寫出單字，串成一句向觀眾祝福的話；一名演員把手中幾根點燃的蠟燭輪流拋起，蠟燭經過嘴巴前把它吹熄，然後回到手中又重新把它點燃，動作流暢；還有一名演員把陀螺操縱得如同一個個有生命的小動物，可以在煙桿上、軍刀上或鋼絲上轉個不停，甚至還能繞著大水晶瓶口打轉。

　　這些精彩演出贏得觀眾們如雷的掌聲，艾娥達也看得如癡如醉。

壓軸的演出是「疊羅漢」。這項演出由五十多個演員組成羅漢塔，一層疊一層，像是一座聳立的高塔一樣。最底層的演員像高山一樣巍峨不動，上層的演員則像舞動的蝴蝶一般，表演蹦跳、飛躍以及各種令人難以置信的絕技。

　　正當演出進行到最精彩的時刻，「羅漢塔」突然搖晃了一下。原來是一名墊底的演員突然離開了自己的崗位，「人塔」立即失去了平衡，只聽「撲通、撲通」一陣響聲，「羅漢塔」就像一座紙做的古堡一樣倒了下來。

　　觀眾席上頓時噓聲四起。更讓人感到奇怪的是，這個演員抬腿越過了舞臺前的低柵欄，爬上舞臺右方的觀眾席，最後跑到福克先生的面前，大聲地嚷著：「啊！我的主人，我終於找到您了！」

　　「路路通？」福克先生又驚又喜，「太好了！我們終於又見面了！」

　　路路通跟著福克先生和艾娥達夫人，三人準備離開馬戲棚，中途被怒不可遏的雜技團老闆攔住，要求他們賠償「羅漢塔」倒塌的損失。福克先生立即付給老闆一疊鈔票，平息了他的怒火。

　　晚上六點半，福克先生和艾娥達夫人登上了開往美國的郵輪，後面跟著路路通。一直到船要啟航的時候，他都還穿著日本雜技團那套滑稽的服裝。

　　一切安置妥當，福克先生才聽路路通敘述和他們分散期間的遭遇。原來路路通被費克斯用烈酒和鴉片弄暈之後，在酒館裡昏睡了三、四個小時。

　　醒來之後，他憑著本能，跌跌撞撞地趕到碼頭，就在卡爾納蒂克號解開纜繩的那一剎那，奮力跳上甲板，然後一頭栽進船艙裡，一路睡到隔天中午。

　　完全清醒後，他才想起開船時間提早，而自己並沒有盡

到提醒主人的責任。現在，由於自己的疏忽，福克先生和艾娥達夫人都沒能及時上船！路路通恨得直扯自己的頭髮，他一面怪自己貪杯，一面痛罵費克斯。路路通發誓，要是有一天再遇上他，非得好好教訓他一頓不可！

　　路路通的煩惱遠不止如此。他口袋裡空空如也，一毛錢都沒有。雖然他在船上的用餐費和船費已經預先支付，但是身無分文的他下船之後該怎麼辦，將來又怎麼回英國呢？這些煩惱都讓他傷透腦筋。

　　十一月十三日，卡爾納蒂克號抵達橫濱港口。下船後的路路通在橫濱的大街小巷蹓躂，一心想著該如何盡快離開日本前往美國。正當他絞盡腦汁思考的時候，他的視線忽然落在一張巨大的海報上，那是日本雜技團招募人員去美國演出的廣告。路路通毫不遲疑地前去報名。由於他以前在法國馬戲團裡做過小丑，也算有工作經驗，當場被錄用了。讓人意想不到的是，他居然會在首場演出就碰見福克先生，真是太巧了！

　　接著，路路通也從艾娥達夫人口中得知她與福克先生過去幾天所發生的事：他們如何從香港到橫濱，如何與一位名叫費克斯的先生一起搭乘唐卡德爾號等等。

　　聽到費克斯這個名字，路路通默不作聲，他暫時不想告訴福克先生關於費克斯的事情，因為他覺得現在還不是適當的時機。

　　這艘由橫濱航向舊金山的郵輪叫「格蘭特將軍號」，是一艘兩千五百噸重的大輪船，設備良好，航速飛快。按這樣每小時十二海里的速度計算，這艘郵輪用不了二十一天就能橫渡太平洋。這一次，旅途中沒有發生任何航海事故，因為太平洋是名副其實的「太平」。格蘭特將軍號依靠巨大的輪機，借助全面展開的大帆，四平八穩地順利前進著。

因此，福克先生相信十二月二日他們可以順利抵達舊金山，十一日到紐約，二十日就可以回到倫敦。這樣，他還能在原定時間——十二月二十一日——前幾小時完成這次旅行的任務。

福克先生依然沉默寡言，他將艾娥達夫人照顧得無微不至，不過仍保持一定的距離。相反地，艾娥達夫人對他已經不止於感激之情，他那樣和藹可親又沉靜的性格，讓艾娥達夫人對他的感情與日俱增，已經到了愛慕的程度。只是，這位令人難以捉摸的福克先生，對於艾娥達夫人的心情，彷彿一無所知。

十一月二十三日，格蘭特將軍號順利越過一百八十度子午線，也代表斐利亞‧福克正好繞了半個地球。雖然，按照地球經度子午線來看，這位紳士才走完了一半旅程，但事實上，他的旅行計畫已經完成了三分之二。因為，前半段的行程必須繞一大圈才能抵達橫濱，而今後，前往倫敦的路線就都是直線了。

就在同一天，路路通也發現了一件讓他高興的事情。他發現自己的大銀錶和船上的大鐘走得一模一樣了。

「我就知道，總有一天，太陽會照著我的錶走的！那個費克斯，跟我囉嗦了一大堆什麼子午線，什麼太陽的，還說要按照當地的時間把錶調過來。哼，全都是廢話！」

但是路路通不知道，如果他的手錶是按二十四小時制顯示，他就會發現問題了。這意味著，當船上的大鐘指著早上九點的時候，路路通錶上的時針就會指著晚上九點，也就是二十四小時制的第二十一點。

換句話說，他的錶和船上的大鐘相差的時數，正好等於子午線一百八十度地區的時間和倫敦時間相差的時數，也就是十二小時。

　　不過這個道理，路路通是完全不能理解。他還在為自己沒有聽信費克斯關於時差的理論而洋洋得意，另一方面，也對始終沒有見到費克斯感到十分納悶。

　　實際上，費克斯此刻不在別處，就在格蘭特將軍號上。這位警探一到橫濱便去了英國領事館，然後在那裡拿到了那張從孟買開始，輾轉寄了四十天的拘票。因為當局認為費克斯一定會搭乘卡爾納蒂克號，所以就把這張拘票轉寄到了橫濱。

　　費克斯懊惱不已，因為拘票如今毫無用武之地，等同於一張廢紙。福克先生已經離開英國的屬地，想要逮捕他，就必須向當地政府申請引渡手續。

　　「算了！」費克斯在怒氣平息後對自己說：「我的拘票在這裡是毫無用處了。不過，一旦到了英國本土，它還是能派上用場。福克這流氓，看樣子還真的打算回到英國去，他以為倫敦警察廳已經被他蒙混過關了。好吧！我會一直盯著他的。至於贓款，天知道還能剩下多少！旅費、獎金、訴訟費、保證金、買大象以及其他一路上的種種支出，他已經揮霍至少五千多英鎊了。但是，算了，反正不管怎樣，銀行的錢還多著呢！」

　　下定決心後，他立即登上了格蘭特將軍號。當福克先生和艾娥達夫人登船時，費克斯就已經在船上了。尤其當他看見一身日本服裝的路路通時，便立刻躲進自己的艙房，以免和他發生衝突。一路上，他千方百計地躲著路路通，但冤家路窄，某天，他還是在前甲板上和路路通碰面了。

　　這個法國小夥子二話不說，馬上衝上前抓住費克斯，一拳又一拳地把這個倒楣的警探揍了一頓。路路通把費克斯揍了一頓之後，看著臉上青一塊、紫一塊的費克斯，心中的火氣頓時消弭許多。

「你揍了我一頓，我們就算扯平了！」費克斯從地上爬起來，「那現在我們來好好談談吧！」

「我和你沒什麼好談的！」

「我過去一直和福克先生作對，但是從今以後，我要幫助他了。」

「啊？」路路通懷疑地問他：「你現在也相信他是正人君子了？」

「我不相信，」費克斯回答說：「我仍然認為他是個流氓。嘿！你別動手，聽我說完行不行！當福克先生在英國屬地的時候，拖住他，對我有好處，因為我要等從倫敦寄給我的拘票。」

「但現在我已經不能拘捕他了，」費克斯接著說：「不過看來福克先生還是要回英國去，這對我的工作很有利。從現在起，我要幫助他掃除旅途上的一切阻礙，讓他早日回到英國，這樣我才能逮捕他。而且只有到了英國，你才會明白你到底是替一個好人做事，還是在當一個罪犯的同夥。」

路路通非常仔細地聽完費克斯這番話，想一想覺得頗有道理，便接受了他的提議。

「我們可以說是朋友了吧？」費克斯問。

「朋友？才不是呢，」路路通回答，「我們只能算是同盟！」

「我同意。」費克斯不動聲色地說。

過了十一天之後，也就是十二月三日時，格蘭特將軍號開進金門海峽，抵達舊金山。到現在為止，福克先生只是如期到達了舊金山，沒有延遲一天，但也沒有提前。

第八章　　血戰美洲火車

　　十二月三日的下午，福克先生一行人登上開往紐約的火車。從舊金山到紐約，有一條六千零五十八公里長的橫貫鐵路連接，途中會經過一片印第安人和野獸出沒的地區。晚上六點鐘，火車準時出發了。

　　福克先生、艾娥達夫人、路路通和費克斯先生舒舒服服地分坐在兩排的雙人椅上，欣賞著眼前掠過的景色：廣闊無邊的草原、遠在天際的群山、潺潺流淌的小河，還有成千上萬的野牛。

　　野牛的腿和尾巴都很短，前肩高聳形成一個肉峰，兩角分開向下彎曲，頭頸及雙肩都長滿了長鬃毛。這支大軍，簡直像是一座行走的堤防，經常在鐵路上造成來往火車無法克服的障礙。

　　今天正好就遇上這種事：只見野牛群不慌不忙地穿越鐵路，一邊走，一邊發出驚人的吼叫聲，而火車則因為野牛群占據了鐵軌，只好被迫停下來。

　　看到這一大群野獸攔住火車，害時間白白流逝，路路通感到憤怒不已，他簡直想朝牠們狠狠地開幾槍，以解心頭之恨。但福克先生，這個本應該最著急的紳士卻不動如山，用哲學家那種「以不變應萬變」的精神等待野牛過去。

　　野牛大軍花了三小時才穿越鐵軌，在最後一批牛群跨過鐵路的時候，牠們的前鋒部隊早已消失在南方地平線上。

　　如果這次事故考驗的是耐心，那接下來的事故考驗的就是運氣和勇氣。

　　十二月七日的中午，就在福克先生和他的同伴們吃完午餐，正沉溺於「惠斯脫」牌局時，突然響起了一陣哨聲。

　　火車停下來了。

路路通連忙跑出車廂，前去打聽發生什麼事。只聽見一名守路員大聲叫道：「不行，沒辦法通過！梅迪西灣的大橋已經在搖晃，承受不住火車的重量。」

　　梅迪西灣大橋是一座懸空在激流上的吊橋，也是火車前行的必經之路。由於年久失修，橋上很多鐵索都斷了，火車如要強行通過，風險很大；但是如果放棄通過，乘客們就得在冰天雪地裡步行二十四、五公里，才能到達下個車站。

　　旅客們怨聲載道，一會兒咒罵惡劣的美國鐵路，一會兒責備駕駛員的技術水準太差，其中怒氣沖沖的路路通嗓門最大。

　　「也許……我們可以試著從橋上開過去。」駕駛員承受不住壓力，小聲地提出建議。

　　「不行，這座橋就要塌了！」守路員堅持不讓步。

　　「我們可以嘗試用最高速行駛，運氣好的話也許能順利通過。」

　　對於駕駛員這個大膽的提議，旅客們分成了兩派。一些勇敢的旅客同意大膽一試，他們認為有百分之八十的機會能夠成功；另一些旅客則認為應該謹慎一些，不該拿自己的生命開玩笑。但很快想要勇敢嘗試的旅客就占了上風，於是大家都返回車廂，準備冒險一搏。

　　駕駛員把火車向後倒開了差不多兩公里，如同一位跳遠健將般，向後退幾步準備往前衝刺。緊接著火車開始起步前進，不斷加快速度，不到一會兒工夫，就飆到到了令人恐懼的速度，只聽見一陣隆隆聲，列車像閃電一樣，從大橋上風馳而過，轉眼間已經到達對岸。但火車仍一直向前衝了八公里後，駕駛員才勉強把它煞住。而那座搖搖欲墜的大橋，承受不了列車的高速行駛，轟隆一聲坍落在梅迪西灣的激流裡了。

在整個過程中，路路通被嚇得目瞪口呆，他覺得自己的心臟都要跳出來了。但是福克先生依舊沉浸在牌局中，沒特別留意這一段驚險的插曲。

接下來，火車行駛得非常順利。但十二月八日這天，發生了更加驚心動魄的事情，導致路路通的性命幾乎不保，而福克先生的賭約也險些功虧一簣。

那天，正當旅客們在午睡時，突然聽見震耳欲聾的槍擊聲，還夾雜著凶猛的吶喊聲和人們的驚呼聲。

車窗外有上百個印第安人騎馬隨車奔馳，抓住機會就縱身跳上車廂門口的踏板，然後飛速地爬進車廂。

聰明的旅客們立刻就明白：這是一幫印第安人在襲擊火車。

這些印第安人一上車就往火車頭奔去，用大頭棒將駕駛員和司爐工打昏。一名印第安首領有意把火車停下，但因為操作錯誤，反而使火車以更快的速度向前飛馳。

其他的印第安人則攻進車廂，搶了很多行李和首飾，從車窗扔出去。幸好許多旅客都有佩戴武器，他們隨即和突襲的歹徒們展開戰鬥。

被圍攻的車廂轉眼變成了雙方激烈交火的戰場，有二十多個印第安人被打得半死，從車上滾下去掉到鐵軌上，像蟲子一樣被火車碾碎；也有很多旅客不幸中槍或者挨了一記大頭棒，無力地癱倒在座椅上。

福克先生和艾娥達夫人也在英勇作戰。艾娥達夫人雖然是名女性，但表現得非常勇敢，當印第安人向她衝來時，她毫不畏懼地拿起手槍朝敵人射擊。

正在和福克先生並肩作戰的列車員，突然就被飛過來的一顆子彈擊中，他在倒下去的時候叫喊著：「五分鐘之內火車要是不停下來，我們就全部完蛋了！」

原來離此地三公里的克爾尼堡有座美國軍營，如果列車能在那裡停下來，就能得到士兵們的支援；如果火車開過此站，沒有得到後援，只能任由印第安人宰割了。

　　「火車一定會停下來的！」斐利亞‧福克說著就準備衝出車廂。

　　「您留在這裡，先生。」路路通大喊：「這件事交給我吧！」

　　福克先生還沒來得及阻止，路路通已經打開車窗，並溜到車廂下面了。這時，戰鬥還在激烈地進行，子彈從他頭上颼颼地飛掠而過。他運用自己馬戲團演員那一套輕巧靈活的身手，從車廂下面隱蔽前進。

　　他攀著聯結列車的鐵鍊，踩著煞車舵盤，沿著外面車架的邊緣，巧妙地從一節車廂爬到另一節，一直爬到最前面的車廂上。

　　過程中，他竟然完全沒有被人發覺，簡直不可思議。最後他一隻手攀著車箱，整個身體懸空在行李車箱和煤車箱之間，另外一隻手試圖去鬆開掛鉤上的鏈條，但由於火車的牽引力大，單憑他的力量，恐怕一輩子也拔不開掛鉤中間的鐵栓。就在這時候，只見火車一陣搖晃，鐵栓被震出來了！列車脫離了車頭，慢慢地落後，終於在距離兵營不到一百步遠的地方停了下來。

　　兵營裡的士兵聽到槍聲，立即趕了過來，而印第安人早就趁著列車還沒有完全停下之前四處逃竄了。白雪皚皚的平原上，鮮紅的血印一直伸延到看不見的遠方。

　　戰鬥終於結束了！但當旅客們在月臺上清點人數時，發現少了三個人，其中包括那個英勇行動拯救所有旅客的法國人。他們究竟是在戰鬥中被打死了，還是被印第安人抓走了呢？現在，無人知曉。

受傷的旅客相當地多，不過據瞭解，並沒有人有生命危險。艾娥達夫人平安無事，斐利亞·福克雖然全力作戰，但也毫髮無傷，而費克斯的臂膀則受了一點輕傷。

此時，福克先生雙手交叉著站在雪地上，他正在考慮一件非常重要的事，艾娥達夫人在他身邊默默地為路路通流著眼淚。

「不管他是死是活，我都要把他找回來。」他簡單扼要地對艾娥達夫人說。

「哦，先生！福克先生！」年輕的夫人說道，她臉上的淚水不停地滴落在被她緊抓著的福克先生的雙手上。

「他不會死！」福克先生說：「只要我們一分鐘也不耽擱地展開救援行動！」福克先生做了平生最艱難的抉擇：一方面，從印第安人手中救人，等於是虎口奪食，很可能是有去無回；另一方面，就算路路通成功歸來，救人的過程也必定會耽誤不少時間，他會因此輸掉自己的賭約。雖然代價很大，但重情重義的福克先生還是選擇了救人。

兵營裡的士兵們也為福克先生的義氣所感動，紛紛自告奮勇要求和他一起去救人。

兵營連長讓福克先生挑選出三十名士兵，組成一支突擊隊，準備沿著雪地上的足印追擊敵人。

「費克斯先生，」斐利亞·福克離開時說：「請您幫我一個忙，在這裡陪著艾娥達夫人，如果我遭遇不幸，請把她安全送回英國。」

警探的臉色瞬間變白。雖然他對福克先生存有偏見，但此刻也對他的英勇行徑充滿敬意。他鄭重地點點頭，表示一定會不負所托。

艾娥達夫人則一言不發地為她心目中的英雄送行。她堅信，像福克先生這樣沉著勇敢的紳士，一定會凱旋歸來。

「出發了，朋友們！如果能把人救回來，每位參與救援行動的勇士我將重重有賞。」臨行之前，福克先生對士兵們高喊了這麼一句振奮人心的話，就帶著突擊隊出發了。

等待的時間過得又長又慢，天色逐漸暗了下來，大地一片死寂，既無飛鳥飛越，也無野獸出沒。

在著急等待的期間，發生了一小段插曲：在下午快兩點的時候，旅客們忽然看見一個黑乎乎的龐然大物，從東方緩緩地朝這裡駛來，所有人都感到非常驚訝，因為透過電報要求增派的火車，按理說不可能那麼快抵達！但旅客們很快明白，原來是火車頭上的駕駛員和司爐工清醒過來，接獲電報後，把列車倒開回來了。

很快，旅客們陸續上車了。艾娥達夫人試圖與列車員溝通，讓火車等待福克先生歸來再啟程，但因火車已經延誤三個小時，所以列車員拒絕了她的請求。

幾個小時過去，費克斯靜靜坐在車站裡一張靠椅上，艾娥達夫人則不顧風雪交加，不時走出溫暖的候車室，到月臺上張望，但福克先生一行人依然不見蹤影。

「他們到哪裡了？能找到印第安人嗎？還是他們正在作戰嗎？他們會不會在濃霧裡迷失了方向？」這幾個問題不停地在艾娥達夫人心裡盤旋。

這一夜就在焦急等待中過去了。

清晨的太陽，從濃霧彌漫的天際冉冉升起，時鐘指向早上七點。在濃霧的掩映下，有一小支步伐整齊的隊伍從遠處走來。仔細一看，走在最前面的正是福克先生，他身旁則是從印第安人手裡救出來的路路通和另外兩名旅客。

昨天，福克他們在克爾尼堡往南十六公里的地方打了一場勝仗，但在隊伍趕到以前，路路通和另外兩名旅客已經和劫持他們的印第安人打起來了。

當福克先生和士兵們趕去援救時，這個勇猛的法國人已經用拳頭揍翻了三個印第安人。

駐守的士兵們用歡呼聲來迎接這些凱旋的勇士們。斐利亞‧福克把事前許諾的賞金發給士兵，路路通見狀有感而發地說：「說實在，我家主人在我身上花的錢可真不少！」

費克斯一言不發，只是看著福克先生，旁人很難看出此時他心中的想法。至於艾娥達夫人，她雙手緊握著福克先生的右手，激動得說不出話來。

由於這場事故，讓斐利亞‧福克耽誤了二十個小時。而且火車已經開走了，接下來的交通成了很大問題。路路通認為這都是自己無意中造成的，因此感到非常自責，他這次真的把自己的主人害慘了。

這時，警探費克斯走近福克先生，問道：

「先生，您急著要走嗎？」

「沒錯，確實很急。」福克先生回答說。

「我需要確認一下，」費克斯說，「您是不是一定要在十一日晚上九點之前，也就是在開往利物浦的郵輪啟航之前抵達紐約？」

「是的。」

「假如沒有這次印第安人襲擊火車的事件，您十一日早上就可以抵達紐約了，是嗎？」

「是啊，那樣在郵輪啟航前十二小時，我們就已經上船了。」

「好吧！現在您被耽誤了二十個小時，二十減十二等於八。您是否打算把這八小時補回來呢？」

「步行嗎？」福克先生問。

「不用步行，我們可以乘坐帶帆的雪橇，」費克斯回答說：「昨天夜裡有一個人問我要不要租他的雪橇。」

費克斯指給他看那個駕雪橇的美國人，他正在車站前面徘徊，福克先生朝那個人走過去。過了一會兒，斐利亞‧福克跟那位美國人一起走進不遠處的一間小茅屋。福克先生看見屋裡有一輛相當奇怪的「車子」。它是一輛由兩根長木頭上釘著一個木舟所做成的雪橇，前頭微向上翹，上面可以坐五、六個人。

　　雪橇靠後面的三分之一處豎著一根很高的桅杆，上面掛著一張很大的帆，這根桅杆下面由幾條鐵索結實地綁著，上面還有條鐵支柱，用來支撐巨大的帆布；雪橇後面裝著某種尾舵，用來掌控方向。

　　原來福克先生看見的是一架單桅船式雪橇。在冬季冰雪覆蓋的平原上，當火車被大雪阻礙不能前進的時候，就可以用雪橇，從這一站很快地滑行到另一站。

　　這種雪橇可以掛上很大的帆，借助後面吹來的風推動雪橇在雪地上疾馳，它的速度即便比不上特快車，至少也和普通快車差不多。

　　過了一會兒，福克先生就和那名雪橇商人談妥價錢。現在正刮著西風，所以只需要幾個鐘頭，就能把福克先生等人送到最近的奧馬哈車站。

　　那裡的火車路線很多，四通八達，往來頻繁，若搭上直達芝加哥和紐約的列車，就可以彌補之前耽誤的時間。

　　福克先生不願讓艾娥達夫人在冰天雪地裡艱苦旅行。天寒地凍再加上雪橇的飛快奔馳，她怎麼受得了？因此，他向艾娥達夫人建議，由路路通陪著她在此地等下班火車，然後再一路把她平安地護送到歐洲。

　　但艾娥達夫人不願和福克先生分開，所以拒絕了這個提議，她的決定讓路路通很高興。實際上，路路通無論如何也不願離開自己的主人。費克斯還跟著福克先生呢！

　　至於那位倫敦警探的想法，可說是一言難盡。

　　斐利亞‧福克的歸來是否使他的信心動搖了呢？還是仍然肯定福克是個極端狡猾的流氓，企圖環遊世界一周後，回到英國就可以逍遙法外了呢？也許費克斯現在對斐利亞‧福克的看法已經有些轉變，但是他絕不會忘記自己的職責，所以他比任何人都更急著想儘早回到英國。

　　早上八點，雪橇已準備就緒，福克一行人坐了上去。兩張大帆都鼓脹起來了，借著風力使雪橇以每小時六十四公里的速度在冰天雪地上飛馳。乘客們都凍得全身直打哆嗦。

　　從克爾尼堡到奧馬哈的直線距離——美國人稱之為「蜂飛」距離——至多也不過兩百英里。如果風向不變，五個小時就可以跑完這段路程。倘若途中不發生任何意外，下午一點鐘就能到達奧馬哈。

　　雪橇輕盈地在雪地上滑行，如同一艘滑行在水面上的小船。當寒風吹過大地時，雪橇被那兩張像巨翼一樣的白帆載著，就像是離開了地面騰空飛行，所以必須緊握著舵把，才能保持直線前進。雪橇有時會向一邊傾斜，只要轉動一下尾舵，它就會馬上恢復直線行走。

　　雪橇筆直地穿過這一片猶如平靜大海的平原，一路盡是平坦的雪地，可以暢行無阻。斐利亞‧福克目前擔心的只有兩件事：一是怕雪橇出狀況；二是怕風向突然改變或是風力驟減。

　　但是，風力一點也沒有減弱，相反地，那條被鋼索結實綁著的桅杆都被勁風吹彎了。這些鋼索彷彿樂器上的弦，被一張無形的弓拉著，發出簌簌的響聲。在這種和諧的樂聲之中，雪橇正瘋狂奔馳。

　　「這些鋼索所發出的聲音，差不多是五度音程和八度音程。」這是福克先生在這段旅途中，唯一說過的一句話。

還不到下午一點，雪橇已經載他們抵達奧馬哈車站。在那裡，他們及時登上了開往紐約的列車。

　　火車以極快的速度奔馳，並在十二月十一日晚上十一點十五分，順利抵達紐約港。但是，開往利物浦的中國號郵輪在四十五分鐘前已經啟航了！

　　中國號郵輪開走了，似乎也把斐利亞・福克最後的一線希望給帶走了。路路通心急如焚，他埋怨自己連累了福克先生。但福克先生一點也沒有責備他，在離開碼頭的時候，他只說了一句話：「走，明天再做打算吧。」

　　第二天，福克先生一大早就來到紐約港。他在那些停靠在碼頭旁的船中，仔細地尋找即將離港的輪船。皇天不負苦心人，福克先生總算發現距離海岸約兩公里的地方，有一艘帶有機輪裝備的商船——「亨利埃塔號」。那艘船的樣式很簡約，煙囪裡正冒著大團的黑煙，說明它就要準備拔錨啟航了。

　　福克先生趕緊叫人把亨利埃塔號的船長斯皮蒂找來，向他提出要搭乘他的船去利物浦的請求。斯皮蒂先生年約五十歲，面容生硬，不苟言笑，頭髮棕紅，身材魁梧，看上去是個不太好相處的人。

　　「對不起，先生！」他一口回絕福克先生的請求，「這是一艘貨船，從來不載運旅客。而且我也不去利物浦，我要開往波爾多。」

　　「那就請您帶我們去波爾多吧。」福克先生正盡力說服他。

　　「不行，旅客太煩人了，你就算給我兩百美元我也不會載的！」

　　「我付您每人兩千美元，把我們四個人都帶上吧！」

　　「每人兩千！」船長斯皮蒂開始動搖了，「順路載客就

淨賺八千美元。那他們已經不能算是旅客，而是一種很貴重的貨物了。」

「我九點鐘開船，」斯皮蒂簡單地說：「您和您的旅伴來得及嗎？」

「九點鐘我們一定準時到！」福克先生回答說。

當亨利埃塔號一切就緒，準備啟航時，四位旅客都已登船。一小時之後，亨利埃塔號離開了美國，航向大海。

斯皮蒂一開始還為能夠賺到一筆巨額外快而感到沾沾自喜，但很快他就明白了一個道理：天下沒有白吃的午餐。因為第二天，他的指揮權就被福克先生奪走了。

事情經過很簡單：斐利亞・福克的目的地是利物浦，但船長堅持不肯去，福克先生只能先答應去波爾多。

但上船之後，福克先生便發動了他的金錢攻勢。船上的船員——從水手到司爐工——都被金錢打動，加上他們本來就與船長有些衝突，因此，大家都很自然地都和福克站在同一陣線上了。

第二天中午，福克先生完全取代了斯皮蒂，站在船長的位子上發號施令，亨利埃塔號於是直接航向利物浦了，而斯皮蒂則被關在船長室裡，在裡面大喊大叫，幾乎氣得快發瘋了。

最初幾天，亨利埃塔號航行得非常順利。海上風浪並不大，一直吹著西南風，亨利埃塔號揚起群帆，有了前後檔兩張大帆的推動，使它航行起來簡直跟一艘橫渡大西洋的郵輪一樣快。

但很快新的難題又出現了。

十二月十六日，福克先生離開倫敦的第七十五天，船上的機務員到甲板上找福克先生，說：「我們開船到現在，所有的鍋爐都是燒滿炭火的狀態。我們或許有足夠的煤能夠燒

小火，從紐約開到波爾多，但我們絕對沒有足夠的煤可以燒大火，從紐約開到利物浦！」

「好吧，我考慮一下。」福克先生說，「在我未做決定之前，你繼續燒大火，全速前進，等煤燒完了再說。」

機務員點點頭，他對這位紳士的決定感到很困惑，因為這樣只會加劇問題的嚴重性。

正如機務員所說的那樣，兩天後，即十二月十八日，他通知福克先生，今天的煤已經不夠燒了。

「別壓小爐火，」福克先生指揮道：「相反地，繼續燒大火，在煤燒光以前都不能讓機器停下來。」

機務員接受了命令，但是心裡卻對福克先生的領導能力產生了極大的質疑。

福克先生仍如平常一樣鎮定。中午時分，他吩咐路路通去把船長斯皮蒂請來。這個小夥子百般不情願，彷彿是奉命去打開一個老虎的籠子似的。

「不用說，這傢伙一定會大發雷霆的，說不定還會打人呢！」

果不其然，過了幾分鐘，斯皮蒂就連叫帶罵，活像一顆即將引爆的炸彈似的來到後艙甲板上。

「我們到哪裡了？」他氣急敗壞地嚷道。

「距離利物浦七百七十海里。」福克先生非常沉著地回答。

「強盜！」斯皮蒂怒罵著，臉都氣到發紫了。

「先生，我把您請來，」斐利亞·福克說：「是想要請您答應把船賣給我。」

「不賣，我絕對不賣！」

「可是我要燒掉它。」

「什麼？你要燒我的船？」

「是的，至少要把船面上的裝備燒掉，因為現在沒有煤了。」

「啊？燒掉我的船？」船長斯皮蒂氣得說不出話，「我這艘船足足值五萬美元呢！」

「喏，這是六萬美元！」斐利亞‧福克把一疊鈔票交給船長。

福克先生的金錢攻勢在斯皮蒂身上奏效了，沒有一個人看見這六萬美元還能無動於衷。轉眼間，船長已經忘記他的憤怒，忘記那好幾天的禁閉生活，也忘記對福克先生所有的怨憤，因為他的船已經行駛了二十年，這樣的買賣對他來說實在是太划算了！

「那您能否把鐵船殼留給我呢？」船長用非常溫和的語氣問道。

「鐵船殼和機器都留給您，先生。這樣我們算達成交易了？」

「是的。」斯皮蒂抓起那一疊鈔票一張張數完後，放進了口袋。

費克斯見到這個情景差點暈過去，因為福克到現在差不多已經花掉兩萬英鎊了。他真是個無賴，把偷來的錢像流水一樣的亂花！再這樣下去，他從銀行偷來的五萬五千英鎊都要被花光了！

福克先生買下船之後，立刻吩咐船員們把船艙裡所有的家具及門窗劈碎，然後拿去鍋爐裡燒。

就在當天，尾樓、工作室、客艙、船員宿舍與下甲板等地方，全都被燒光了。

第二天，又燒完了桅杆、桅架和所有備用的木料，就連帆架都被放倒了，船員們幹勁十足，用刀劈、用斧砍、用鋸割，把凡是木頭做的東西都拆了。

第三天，舷木、檔板，以及其他在吃水部位以上的木頭裝備和一大部分甲板，都通通燒光了。

　　亨利埃塔號現在已經成了一艘光禿禿的鐵船。

第九章　多出來的二十四小時

　　就在這一天，愛爾蘭海岸的燈塔已經近在咫尺了。但是一直到晚上十點，亨利埃塔號才經過皇后鎮，而現在，距離斐利亞‧福克預定返抵倫敦的時間，僅剩二十四小時了！此刻正是需要亨利埃塔號以最快的速度趕到利物浦的時候，但是，鍋爐裡蒸氣不足，已無法滿足這位大膽紳士的需求。

　　就在船長斯皮蒂也為福克著急的時候，福克先生決定在皇后鎮的碼頭登陸。於是在凌晨一點時，亨利埃塔號順著漲潮開進了皇后鎮的港口。按照事先的約定，福克先生把光禿禿的鐵船殼留給船長，斯皮蒂高興地對福克先生道謝了好幾次，因為這艘船至少還保有三萬美元的價值。

　　和船長道別後，福克一行人直接搭上凌晨一點半從皇后鎮至都柏林的火車，之後又轉搭高速的渡輪汽船，輕盈平穩地橫跨愛爾蘭海峽。

　　十二月二十一日，十一點四十分，斐利亞‧福克終於抵達利物浦的碼頭，而從利物浦到倫敦只需六個小時，現在還是中午，斐利亞‧福克看起來勝券在握了！

　　但就在這時候，費克斯走了過來，他一手抓住福克的手臂，一手拿出了拘捕令：

　　「您是斐利亞‧福克先生，沒錯吧？」他問道。

　　「是的，先生。」

　　「我現在以女皇政府的名義通知您：您被逮捕了！」

　　斐利亞‧福克就這樣被費克斯押走了，關在利物浦海關大樓的一間房間裡。現在，他得在那裡過一夜，等待明天押送至倫敦。

　　當福克先生被捕時，路路通衝上前要跟警探拚命，卻被後面趕來的幾名警察給拉開了。

「如果我早點把費克斯的陰謀說出來，福克先生就不會被他拘捕，也不會……」路路通後悔莫及，卻無可奈何，只能惡狠狠地瞪著費克斯。

　　艾娥達夫人也被這突如其來的拘押嚇傻，完全不明白到底發生了什麼事。當她瞭解事情的原委後，很為自己的救命恩人叫屈，她完全沒想到福克先生居然會被人當成竊賊。

　　在路路通和艾娥達夫人的注視下，費克斯抬頭挺胸地站著。他告訴自己：逮捕福克，是履行自己的職責，所以沒必要感到愧疚。

　　至於福克先生，他安靜地坐在海關辦事處裡，從皮夾取出旅行日記，寫下最後的一行字：「十二月二十一日，星期六，抵達利物浦。上午十一點四十分，第八十天。」

　　至少從外表上看，這個意外的打擊並沒有讓他失去以往的冷靜。

　　難道福克先生只能「聽天由命」了？他還有反敗為勝的機會嗎？

　　不久，海關大樓的大鐘敲了一下。兩點了！要是他現在搭上快車，還能在晚上八點四十五分之前抵達倫敦，趕到革新俱樂部。「可是……」他輕輕地皺了皺眉頭。

　　時間又過去了三十三分鐘，只聽外面一陣喧譁，接著傳來開門的聲音。斐利亞・福克看見艾娥達夫人、路路通和費克斯朝他跑了過來。

　　「先生，」費克斯氣喘吁吁地說，「先生……請…請您原諒……因為有個小偷實在太像您了……這傢伙三天前已經落網……您……您現在可以離開了！」

　　福克先生自由了！他走近費克斯，盯著他的臉，然後出其不意地對這個可惡的警探狠狠地揍了兩拳，這可是福克先生生平第一次打人。

看來，費克斯在這關鍵時刻莫名其妙拘押他，真的把這位有涵養的紳士給惹火了！

「揍得好！」路路通為主人的行動喝彩。挨揍的費克斯一句話也沒說，因為這完全是他自作自受。

隨後，福克先生、艾娥達夫人和路路通立即離開海關大樓，跳上一輛馬車，幾分鐘之後，就到了利物浦的車站。

開往倫敦的快車在三十五分鐘前就已經發車了，福克先生只好又花了一筆巨款，租用一輛專車趕往倫敦。

時間一分一秒地過去，當這位紳士抵達終點站時，倫敦市所有的大鐘都指著八點五十分。斐利亞·福克終於完成了他的環遊世界之旅，但是遲了五分鐘！

他最終還是輸了賭約。

都是那警探的錯！他在這次漫長的旅途中穩步前進，掃除了無數障礙，經歷了無數危險，路上還抽出時間做了些好事，然而，就在即將大功告成的時候，碰上了這一場突如其來的鬧劇，使他功虧一簣。

斐利亞·福克將要澈底破產了！他離開倫敦時帶的一半積蓄，如今只剩下一點點了，而剩下的全部財產就僅剩存在巴林兄弟銀行裡的兩萬英鎊，而這些錢很快也要付給革新俱樂部的會友們了。這樣的結局實在是太悲慘了！

受到這樣的打擊，一般人早就崩潰了。但福克先生仍如往常一樣不動聲色，他帶著艾娥達夫人和路路通平靜地返回家中。

路路通回到自己房裡，把那個持續開了八十天的暖爐關上，再從信箱裡拿出一份煤氣公司的繳費通知單。

福克先生返家的第二天，也就是星期日，薩佛街的房子裡依然闃寂無聲，彷彿裡面無人居住似的。當國會大廈鐘樓上的大鐘敲響十一點半的鐘聲時，斐利亞·福克也沒有前往

革新俱樂部，這可是他住進這棟房子以來第一次沒有去。在他看來，他已經不需要再去俱樂部了。

昨天晚上，他已經輸掉了所有財產，這表示今後他將告別革新俱樂部的上流生活了。

晚上七點半，福克先生請來了艾娥達夫人。他們倆面對面坐著，很長一段時間都沉默不語。最後，福克先生終於抬起頭，望著艾娥達夫人說：「夫人，您能原諒我把您帶到英國來嗎？」福克先生的語調還是十分平靜，「當我決定把您從那個對您來說非常危險的地方救出來的時候，我還是個有錢人。當時，我打算把自己的一部分財產分給您，那麼您的生活就會很自在、很幸福。可是現在，我破產了。」

「這我知道，福克先生，」年輕的夫人說，「您把我從可怕的死亡裡救了出來，就已經是莫大的恩惠了！可是，您卻還想讓我在外國有一個安定的生活。天知道，您已經為我做得夠多了！」

「我本來可以做得更多，但事與願違。目前，我只剩下一點點財產，我請求您接受，作為您日後的生活費。」

「那您呢？福克先生，您以後該怎麼辦？」

「我無所謂。我沒有親人，也沒有朋友，孤身一人很容易生活。」

「我真替您感到難過，福克先生。因為孤獨是十分痛苦的，難道您就沒有一位親人能分擔您的痛苦嗎？俗話說，分擔可以使痛苦減半。」

「的確如此，夫人。」

「福克先生，」艾娥達夫人起身把手伸向福克先生，接著說，「您是否願意讓我在接下來的日子裡，和您一起分擔痛苦，成為您的朋友、親人，甚至是成為您的妻子呢？」

艾娥達夫人深情款款地凝視著他，她嫵媚動人的雙眸裡

流露出直率、堅定和溫柔的感情。

　　福克先生整顆心頓時都被這樣的目光軟化。他激動地站起來，嘴唇顫抖，眼裡閃耀著一種非比尋常的光彩。

　　「我愛您！」他直截了當地說，「我願在上帝的面前對您說──我愛您！」這個不善言辭、情感內斂的紳士，居然在自己心愛的女子面前第一次真情流露。

　　「哦！」艾娥達夫人激動得手捂著心口。

　　福克先生撥打室內電話叫來了路路通，路路通一進門看見福克先生緊握著艾娥達夫人的手，立刻心領神會。他高興得合不攏嘴，那張大臉像破曉的太陽一樣又紅又亮。

　　「現在去教堂預約神父主持婚禮，會不會太晚了？」福克先生問。

　　「不會，」路路通回答，「無論何時都不晚！」

　　「那麼，我們就定在明天結婚，好嗎？」福克先生望著艾娥達夫人說。

　　「就明天吧！」艾娥達夫人點頭答應。

　　隨後，路路通便急忙跑去教堂預約了。

　　有關福克先生環遊世界的敘述就此告一段落了。

　　現在，有必要講講革新俱樂部那五位福克先生的牌友們以及整個英國民眾的反應了。由於真正的銀行竊賊落網，籠罩在福克先生頭上的「小偷」罪名便被澈底洗清了，英國民眾對他的印象一下子又從谷底攀升至巔峰。他被肯定是一位正人君子，也是一名完成罕見壯舉的環遊世界探險家。

　　大家都盼著斐利亞・福克先生能早日歸來。人們發了許多電報到美洲和亞洲，但是音訊全無。難不成他已經認輸了嗎？還是他正按著既定路線在繼續旅行呢？他會不會在十二月二十一日星期六晚上八點四十五分，準時出現在革新俱樂部的大廳門口呢？

十二月二十一日，星期六晚上，革新俱樂部門口門庭若市，大家都翹首期盼，想親眼見證福克先生勝利歸來的輝煌時刻。

　　這一天晚上，革新俱樂部的五位紳士很早就聚集在俱樂部大廳了。兩位銀行家約翰・蘇里萬和撒姆耳・法郎丹、工程師安得露・斯圖阿特、英國國家銀行董事高傑・拉爾夫和啤酒商多瑪斯・弗拉納崗，每個人都滿心期待地坐在椅子上等著。

　　大廳裡，當鐘上的指針指向八點二十五分時，斯圖阿特站了起來，說：「先生們，再過二十分鐘，福克先生和我們約定的時間就到了。」

　　「這個時間從利物浦開來的火車是幾點到？」弗拉納崗問。

　　「七點二十三分，」高傑・拉爾夫回答，「下班車要半夜十二點十分才會到。」

　　「如果斐利亞・福克是搭乘七點二十三分那班車，那他早應該出現在俱樂部了。我們現在就可以判定這回他是輸定了。」斯圖阿特說。

　　「別這麼快下定論，」法郎丹說，「要知道，我們這位會友是個極其古怪的人，說不定他會在最後一分鐘才走進大廳。」

　　這時，大廳裡的鐘已經指著八點四十分了，「還有五分鐘。」斯圖阿特說。

　　五位紳士你看我，我看你，空氣中彌漫著緊張氣氛。他們雖然都是賭場老手，也不禁感到手心發汗，心跳加速。畢竟這場比賽的賭注之大、形式之怪異，以及關注度之高，都是古今少有的！

　　八點四十二分，紳士們的眼睛全緊盯大鐘。時鐘不快不

慢地滴答滴答響，這幾分鐘比幾小時、甚至幾天還要來得漫長！

「八點四十四分了！」蘇里萬說，他的聲音裡有一種難以壓抑的激動。他和其他紳士們一起在心中倒數計時！

第四十秒過去了，到了第五十秒鐘依然不見斐利亞・福克！但就在第五十五秒鐘時，外面傳來雷鳴般的掌聲和歡呼聲，這片亂哄哄的聲音越來越大，此起彼落，連綿不斷。

五位紳士立刻從椅子上站起身。

第五十七秒的時候，大廳的門開了，鐘擺還沒來得及敲響第六十下，一群狂熱的民眾便簇擁著斐利亞・福克衝進大廳。斐利亞・福克用他那沉靜的聲音說道：

「先生們，我回來了。」

沒錯！正是斐利亞・福克本人！

這究竟是怎麼回事？這整件事得回溯到福克先生返抵倫敦後的第二天，晚上八點五分的時候，路路通按照主人的吩咐，去教堂預約神父主持隔天的婚禮。

他當時高高興興地出門，然後在三十分鐘後，也就是八點三十五分，他連滾帶爬地從神父那裡跑了出來。他的頭髮亂得像一堆稻草，帽子也不見了，只是一味地向前奔跑。路路通在人行道上風馳電掣地飛奔而過，還撞倒了路上的無數行人。他只花了三分鐘，就回到薩佛街的住宅，然後三步併作兩步地跑到二樓，一頭栽進福克先生的房間裡。

「怎麼回事？」福克先生問。

「我的主人……」路路通上氣不接下氣，邊調整呼吸邊急促說道：「婚禮……明天應該是不可能舉辦了。」

「為什麼？」

「因為明天……是星期日。」

「明天是星期一。」福克先生堅持地說。

「不對⋯⋯今天⋯⋯是星期六。」

「星期六？這不可能！」

「是星期六！是星期六！我真的沒搞錯！」路路大聲喊著：「您少算一天時間，我們其實早到了二十四小時⋯⋯現在，離約定時間只剩下十分鐘了！」

路路通說完，就一把抓住福克先生的衣領，發瘋似的拽著福克先生往外跑，連讓他考慮一下的時間都沒有。他們跳上一輛馬車，許諾給馬車夫一百英鎊的獎金後，便飛速趕往革新俱樂部，一路上還撞壞了五輛馬車。

當福克先生出現在俱樂部大廳時，大鐘指針正指向八點四十五分⋯⋯

斐利亞・福克成功在八十天內環遊世界一周！他贏回了兩萬英鎊的賭注！

大家也許會感到奇怪，福克先生這麼謹慎的人，怎麼會記錯日子呢？他抵達倫敦的時候，其實應該是十二月二十日星期五，距離他出發當天實際上只有七十九天，可是，他怎麼會以為已經是十二月二十一日了呢？

答案很簡單，弄錯的原因是這樣的：斐利亞・福克在他的旅程中「不自覺地」占了二十四小時的便宜。福克先生在往東走的路上，一直是迎著太陽升起的方向前進，所以，每當他越過一條經線，他就會提前四分鐘看見日出。整個地球一共分成三百六十度，而四分鐘乘三百六十，結果正好等於二十四小時，這就是他不知不覺額外獲得的時間。

福克先生確實是贏回了兩萬英鎊，但他這次旅行總共花費了一萬九千英鎊，所以，在金錢的獲利甚少。而且就連剩下的一千英鎊，他也交給忠實的路路通和倒楣的費克斯平分了。

不過，福克先生還是照之前所說，扣除了路路通因為疏

忽而一直燒了一千九百二十個小時的煤氣費，因為他一直是個很講究原則的人。

就在當天晚上，福克先生沉靜地對艾娥達夫人說：「夫人，現在您對我們的婚約有別的意見嗎？」

「福克先生，」艾娥達夫人回答：「應該是我向您提出這個問題，昨天您說您破產了，可是現在，您又……」

「夫人，請您別這麼說，這筆財產都是屬於您的。因為如果您沒向我求婚，我的僕人就不會去教堂找神父，那也就不會有人告訴我搞錯日期，所以……」

往下就不用說了。於是，在四十八小時之後，婚禮正式舉行，路路通滿面紅光，神氣十足地作了他們的證婚人。難道他不應該得到這種殊榮嗎？畢竟他曾經赴湯蹈火地救過艾娥達夫人的性命啊！

可是，第二天天還沒有全亮時，路路通就跑去敲他主人的房門。

門開了，一位紳士不動聲色地走出來，問道：「發生什麼事了，路路通？」

「是這樣的，先生，我剛剛想到，我們環遊世界一周似乎只需要七十八天。」

「的確如此，」福克先生回答：「不過，那樣的話，我們就不能經過印度了。要不是經過印度，我們就不可能救到艾娥達，那她現在也不可能會成為我的妻子……」

語畢，福克先生輕輕關上了門。

斐利亞‧福克僅用八十天的時間，便完成了環遊世界一周的旅行！這不僅大大提高了他的知名度，還讓他娶了一位如花似玉的妻子，這趟旅程可以算是不虛此行呀！

我不擅於表達溫柔的感情。
「愛」這個詞讓我害怕。

I am very bad at expressing tender sentiments.
The very word 'love' frightens me.

儒勒・凡爾納
Jules Gabriel Verne

🌸 環遊世界八十天學習單 🌸

環遊世界八十天（故事內容的回顧）

1. 福克先生實際花了多少時間環遊世界？

2. 福克先生環遊世界經過哪幾個國家？

3. 路路通是福克先生忠誠的管家，但福克先生在他身上也付出不少。你能算出福克先生為他花了多少錢嗎？

4. 福克先生最後為什麼能反敗為勝？

5. 為什麼蘇伊士的領事說出國不需要簽證，也不要求檢查護照？

6. 你覺得費克斯警探在故事中扮演怎樣的角色？他算是壞人嗎？為什麼？

7. 在審判路路通前，法官歐巴第亞為什麼要先戴上假髮，才正式開庭？

環遊旅行 多少天

（假如故事內容發生在自己身上會怎麼做？）

在十九世紀，福克先生用他的故事證明 80 天即能環遊世界。我們將範圍縮小在自己的國家，身處二十一世紀的你會如何安排環遊臺灣的旅程呢？

1. 為你的環遊計畫設下主題，是吃遍各大城市的夜市或是走遍香火鼎盛的寺廟？遊訪各個特色景點？想一想，並將它寫下來。

2. 找一張地圖，並在上面畫出你的環遊旅行路程。

3. 你預計花多少天遊歷？每個城市預計停留多久？為什麼？

4. 福克先生在環遊世界時，攜帶輕便的行李和整袋的現金。你的環遊旅行計畫中，會帶上哪些東西？

5. 你覺得在出發前，需要事先蒐集哪些資訊，才能確保旅行的安全？

6. 如果要攜伴一起旅遊，你會想邀請誰一起去？為什麼？

文化衝突 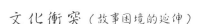（故事困境的延伸）

1. 艾娥達因為「寡婦殉葬」的習俗，險些失去性命，
   如果是你遇到艾娥達，你會怎麼做呢？

2. 路路通因為不慎將鞋子踏入印度寺廟內，而遭到信
   徒的攻擊。以佛教廟宇為例，你知道進入廟宇前該
   注意哪些禁忌嗎？

3. 印度在英國統治的時期，在文化習俗上產生了什麼
   改變？

4. 福克先生在旅途中曾遭遇印第安人的襲擊。為什麼
   會有這場襲擊事件？當時印第安人與美國政府間的
   關係如何？

5. 歷史上有許多殖民者與原住民產生衝突的事件。舉
   例來說，在2011年臺灣上映的著名電影《賽德克‧
   巴萊》，即是講述臺灣日治時期賽德克族與日本人
   產生衝突的「霧社事件」。
   除了發生在臺灣的霧社事件之外，你還知道哪些原
   住民與殖民者產生衝突的事件？事件的起因是什麼
   呢？試著舉例說明。（不限國家）

日不落帝國（故事內容的延伸）

1. 日不落帝國最早是形容哪個國家？為什麼？

2. 第一個日不落帝國當時的殖民領地有哪些？

3. 第一個日不落帝國，因為哪些因素導致國力衰弱，使得「日不落帝國」的稱號被英國取代？

4. 為什麼十九世紀的大英帝國擁有「日不落帝國」的稱號？

5. 拿出一張地圖，標示出英國當時的殖民領地，你有什麼發現？

6. 福克先生在出發環遊世界前，將一大疊鈔票塞進包包，並表示鈔票在世界各地都通用，為什麼？

7. 在英國統治之前，香港原先是哪一國的領土？為什麼會將香港割讓給英國？

8. 英國的日不落帝國後來怎麼樣了呢？

世界時鐘牆（活動）

　　時間對於人類來說十分重要，不管是日常生活中要注意時間，還是出國旅遊轉換當地時間，人類的作息都是跟著時間走。

　　在飯店大廳，我們也時常能見到牆上掛著許多時鐘，顯示世界各國重要城市的時間，讓來自全球的旅客都能清楚掌握每個地區的時差。

　　以元旦隔天的 1 月 2 日早上八點為例，當身處臺灣的我們走在上學途中時，比臺灣早 1 小時的日本、韓國是早上九點，學生已經坐在教室裡開始上課了；而比臺灣時間晚 18 小時的夏威夷，人們還在享受 1 月 1 日元旦假期，正曬著下午兩點的陽光，優閒品嘗下午茶呢！

　　想一想，當我們晚上睡覺時，世界另一端可能有人剛起床迎接早晨；也有人中午已經飽餐一頓，準備繼續下午的工作，這是多有趣的畫面！動手查一查各國的時差，嘗試自己設計一面「世界時鐘牆」吧！

國家圖書館出版品預行編目 (CIP) 資料

儒勒．凡爾納 Jules Gabriel Verne：地心冒險&環
　遊世界八十天 / 儒勒．凡爾納 (Jules Gabriel
　Verne) 作 . -- 初版 . -- 桃園市：目川文化數位
　股份有限公司 , 2022.02
　192 面；20x13 公分 . -- (典藏文學)
　　譯自：Journey to the center of the earth；
Around the world in 80 days
　ISBN 978-626-95460-4-6(精裝)
875.59　　　　　　　　　　　　111000499

典藏文學 02

儒勒‧凡爾納 Jules Gabriel Verne
地心冒險&環遊世界八十天

作　　　者：儒勒‧凡爾納 Jules Gabriel Verne
主　　　編：林筱恬
責　　　編：蔡晏姍
美術設計：巫武茂、張芸荃
出版發行：目川文化數位股份有限公司
總 經 理 ：陳世芳
發行業務：劉曉珍
法律顧問：元大法律事務所 黃俊雄律師
地　　　址：桃園市中壢區文發路 365 號 13 樓
電　　　話：(03) 287-1448
傳　　　真：(03) 287-0486
電子信箱：service@kidsworld123.com
網路商店：www.kidsworld123.com
粉絲專頁：FB「悅讀森林的故事花園」
印刷製版：長榮彩色印刷有限公司
總 經 銷：聯合發行股份有限公司
地　　　址：新北市新店區寶橋路 235 巷 6 弄 6 號 2 樓
電　　　話：(02) 2917-8022
出版日期：2022 年 2 月 (初版)
I S B N：978-626-95460-4-6
書　　　號：CACA0002
定　　　價：680 元